REKI KAWAHARA abec bee-pee
SWORD ART ONLINE 024
unital ring
SAO SWORD ART ONLINE

「愛麗絲，幫忙撐五秒！」
§桐人
主導「SAO」的攻略，
為「Underworld」帶來和平的少年。
在「Unital ring」拿的是「高級鐵製長劍」。
§愛麗絲
「Underworld」的整合騎士，
同時也是世界上第一個真正的泛用人工智慧。
在「Unital ring」的武器是變種劍。

「我可以撐十秒！」

「桐仔，要逃嘍！」
「那是什麼？魔法陣……？」
§亞魯戈
「SAO」的封測玩家，同時也是
優秀的情報販子。通稱「老鼠亞魯戈」。
在現實世界轉學到桐人他們就讀的
「歸還者學校」。

「…………」
§姆塔席娜
以攻略「Unital ring」為目標的小隊之一·「假想研究會」的會長。
「妳這傢伙……到底想做什麼？」

「…………尤……」

「在下……不對，我是
整合機士團長耶歐萊茵‧哈連茲。
請多指教，桐人。」
§耶歐萊茵
位居「Underworld」所有軍力頂點的
「整合機士」首長。
臉上的面具據說是為了保護肌膚不受到
索魯斯的光芒照射……

RUIS NA RÍG

拉斯納利歐全體圖

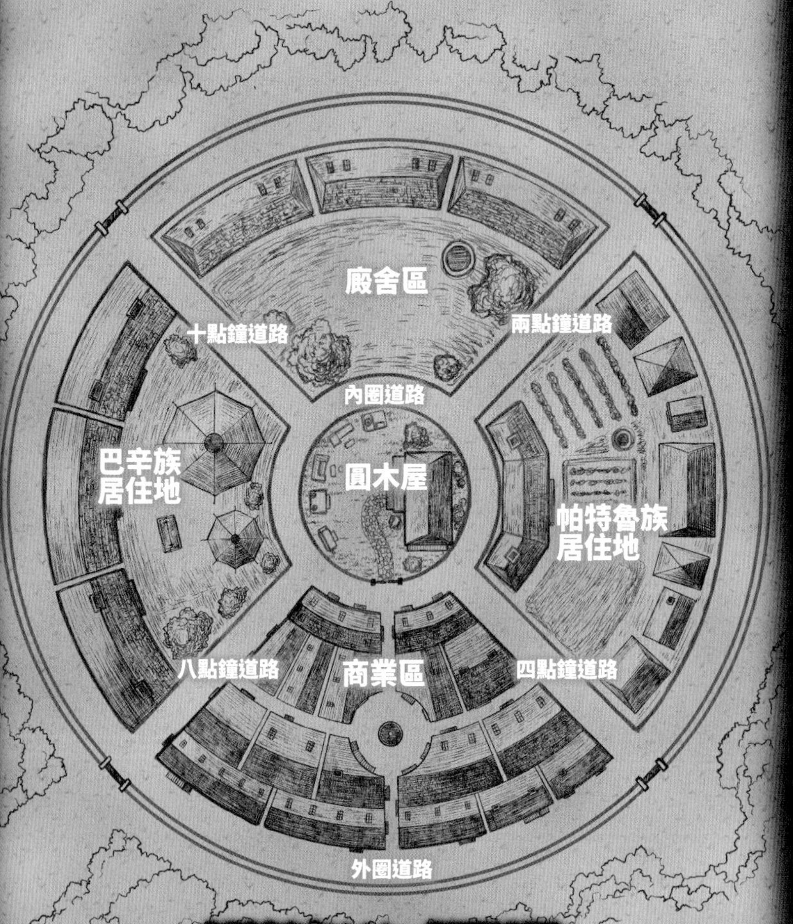

為了作為在「Unital ring」世界冒險的據點，
桐人與伙伴們一同建造的小城鎮。通稱「桐人鎮」。
以桐人與亞絲娜的圓木屋為中心
築起直徑六十公尺左右的圓形城牆，
其內部則分割為東西南北四個區域。

插畫／川原 礫

SAO SWORD ART ONLINE

「這雖然是遊戲，
但可不是鬧著玩的。」

──「SAO刀劍神域」設計者．茅場晶彥──

SWORD ART ONLINE
unital ring

REKI KAWAHARA

ABEC

BEE-PEE

024

1

「你應該早就認識我嘍。終於見到你了，克里斯海特先生。」

一聽見「老鼠」亞魯戈隨著大膽笑容一起發出的臺詞，我和菊岡誠二郎就同時茫然地張開嘴巴。

克里斯海特是菊岡在ALfheim Online所使用的角色名稱。「克里斯」是菊花的英文Chrysanthemum的簡稱。「海特」就是丘陵，指的也就是岡。

種族是水精靈族，職業是魔術師，他能夠完美地記下龐大的咒文，在魔王戰時算是相當可靠的同伴，但是登入的頻率很低，所以知道他名字的ALO玩家應該很少才對。

這個克里斯海特跟應該沒有在ALO活動的亞魯戈有什麼關聯呢？等等，在這之前，亞魯戈為什麼會知道操縱克里斯海特的是菊岡，然後她又是從哪裡猜測出我來銀座的咖啡廳見面的對象就是菊岡呢——

在一連串問題的衝擊之下，我交互看著兩個人的臉龐。

「……這樣啊，妳是那個時候的……」

似乎終於從驚訝當中恢復過來的菊岡，以呢喃般的語調這麼表示。

——是哪個時候啦！

雖然在腦袋裡這麼大叫，但是亞魯戈與菊岡正在用類似氣勢的東西互相較勁，所以沒有替我說明的跡象。那就算了，我自己吃蛋糕……有點鬧彆扭的我翻看著菜單，十秒鐘就決定要點什麼了。

結果服務生就像是擁有心電感應能力一樣在絕佳時機下出現於桌旁，並且開口說：

「決定好餐點了嗎？」

「請給我栗子醬起司蛋糕以及熱卡布奇諾。」

雖然是蛋糕要價一千九百日圓，咖啡則是一千兩百日圓這種令人發抖的價格，但我努力流暢地點完餐後，就把菜單拿給身邊的亞魯戈。

「這個溫柔的大哥哥請客，盡量點沒關係喔。」

「什麼嘛，不是桐仔要出錢嗎？」

如此抱怨著的亞魯戈翻閱著菜單，對於價格絲毫沒有畏懼就宣告「我要本月份推薦的蛋糕和熱皇家奶茶」。服務生留下一句「請稍候」就離開，我便回收菜單，即使知道不禮貌還是確認著亞魯戈總共點了多少錢。蛋糕和奶茶共三千五百日圓，加上我的則是六千六百日圓……雖說是亞魯戈擅自跟過來，但帶她來此的怎麼說都是我，這下子就算對方提出相當麻煩的事情也很難拒絕了，當我內心有了這樣的覺悟時——

「……哎呀，之後本來就需要跟亞魯戈小妹取得聯絡了……」

這麼呢喃著的菊岡，以放在眼前的細長湯匙撈起洋梨百匯並且送到嘴邊。這時我終於再也忍不住，對著兩個人問道：

「那麼，你們兩個人是怎麼認識的？」

「我們是Client與Investigator喲。」

如此回答的是亞魯戈。Client是委託人而Investigator是調查員……我在腦袋裡將兩個詞翻譯並且追加了問題。

「哪個是哪個？」

「那還用說，這位大哥是委託人。」

聽她這麼說，我就再次把視線移到菊岡身上。

「……你到底委託她做什麼？」

「這個嘛，你也知道公務員有保密義務吧……」

「你算哪門子公務員。」

「太過分了……嗯，也不是什麼需要瞞著桐人你的事情啦。」

說完這句話後，菊岡就把聲量降到最低並且呢喃：

「你知道ＣＡＭＵＬＡ公司嗎？」

「ＣＡＭＵＬＡ……是Augma的製造公司嗎？」

「沒錯。有情報顯示那間公司在某個ＶＲＭＭＯ世界裡做些奇怪的事情，所以便委託她進行調查。」

「你說奇怪的事……不會又發生像序列爭戰(Ordinal Scale)那樣的事情吧？」

像是為了讓繃起臉來的我安心一樣，菊岡舉起雙手說：

「如果是那麼危險的案件就不會委託亞魯戈小妹了。說起來委託的時間根本是在ＯＳ事件之前。對方創造出怎麼看都無法賺錢……甚至絕對會賠錢的遊戲，而且也沒有什麼宣傳，就是這麼簡單的事件喔。」

「這樣啊……」

「從亞魯戈小妹的報告裡也找不到什麼跟犯罪有關的情報。正如傳聞，她的工作能力很強……只不過，沒想到竟然還能像這樣推斷出我的真實身分。」

「你欠了人家的薪水嗎？」

「天大的冤枉啊，我確實付了說好的薪水。只是……還沒辦法提供她附加的要求。」

面對輕輕聳肩的菊岡，亞魯戈拋出了不滿的聲音。

「對我來說，你所謂的附加條件才是主要的報酬耶。實在再也等不下去了，才會像這樣來現實世界討債。」

「真是抱歉。不過，妳是怎麼得知克里斯海特就是我呢？明明只是半年前曾經在ＡＬＯ裡見過一面。」

半年前……那就是二〇二六年三月下旬嗎？ＣＡＭＵＬＡ公司是四月開始發售Augma，那就是在即將發售之前了。盛大宣傳ＡＲ硬體的公司偷偷營運的ＶＲ遊戲，到底是什麼樣的內容呢？

當我拚命壓抑下想插嘴的心情時，亞魯戈就輕輕打開在桌上合攏的雙手。

「我沒有推測出你的真實姓名。在ＡＬＯ內稍微調查一下，馬上就能知道克里斯海特是桐人的朋友。然後今天桐仔說下午要翹課的理由是『被怪叔叔找去』。我聽見就靈機一動嘍。」

一聽到這裡，我就用傻眼的聲音表示：

「喂……喂喂，亞魯戈。妳的第六感也太敏銳了吧。」

菊岡同時也發出無可奈何般的聲音。

「說人是怪叔叔也太過分了吧。我自認為是認真的大哥哥啊。」

結果亞魯戈先看了我一眼才說出「我可是光靠敏銳的第六感就在ＳＡＯ裡存活下來的喲」這樣的大話，接著又看著菊岡以肯定的語氣表示「你給人的印象就只是怪叔叔喲」。

前半段應該是她過於謙虛，至於後半段則確實無法否定……在說出這種冷漠的感想之前，我和亞魯戈點的蛋糕就送上來了。

看見確實帶著烤焦顏色的巴斯克起司蛋糕上，淡茶色栗子醬發出細緻亮光的景色後，就連不那麼喜歡吃甜點的我也只能中斷對話，拿起叉子來切一塊蛋糕送進嘴裡。享受綿密的口感與濃厚口味之後，才用卡布奇諾的苦味來洗去舌頭上的味道。

亞魯戈點的本月推薦蛋糕是蘋果千層酥，它看起來也相當美味……當我邊這麼想邊吃著蛋糕，等雙方的甜點都只剩下一半時，盤子就從隔壁被推了過來。

「桐仔，我們來交換吧。」

「……沒有理由拒絕呢。」

雖然一瞬間猶豫了一下，但還是這麼回答並把起司蛋糕往左滑。猶豫的理由是對面的菊岡不知為何露出嘻皮笑臉的模樣。之後得跟他強調我跟亞魯戈純粹只是戰友的關係才行……如此思考著的我品嚐著蘋果千層酥。清脆芳香的派皮之間塞了滿滿殘留果實感的果醬與降低甜度的卡士達醬，這同樣是令人相當滿足的味道。至於能否接受包含飲料在內的六千六百日圓這個價格……就是另外一回事了。

在兩名飢餓的高中生把盤子清空的同時，菊岡也吃完百匯了。

「哎呀，這家店的甜點在綜合滿意度上分數果然很高。漂浮在太平洋上時，我好幾次都夢

到這裡的甜點呢。」

菊岡所說的太平洋，指的應該是停靠在伊豆諸島沿岸的Ocean Turtle。那裡確實吃不到高級甜點，但是亞絲娜說船內餐廳的料理相當美味。很可惜的是，我因為一直昏睡而沒有品嚐的機會。

不知道是否察覺到我內心的感慨，菊岡咧嘴笑著繼續說：

「不過很不可思議的是，在夢中每次都是跟桐人你一起喔。明明只和你來過這家店兩次而已。」

「……這段話我該做出什麼評論才好？」

先這麼回答完，菊岡故弄玄虛地說了句「這樣的評論就夠了」後就一口氣把咖啡喝光。接著瞥了一眼左腕上的潛水錶，然後正色表示：

「那麼在進入主題前我想先確認一件事……在這邊的亞魯戈小妹，今後將會成為桐人軍團的一員對吧？」

「喂……喂，我不記得建立過什麼軍團喔！」

「不然就桐人小隊或者桐人跟他愉快的伙伴們也可以，總之發生緊急事件時她也會一起戰鬥對吧？」

「……妳覺得呢？」

將問題轉接給旁邊的人之後，亞魯戈就輕輕聳了聳纖細的肩膀。

「嗯～這個嘛，是有打算在Unital ring裡先跟桐仔軍團會合啦。除此之外的ＶＲ世界則是個別研議……吧。」

「還說什麼除此之外，已經全部都被Unital ring合併了吧？」

「也有沒加入The seed連結體的ＶＲ世界吧。」

咧嘴笑著這麼說完，亞魯戈就看向菊岡。

「吶，克里斯海特先生。你把桐仔找來，也是為了談沒有跟連結體連結的世界吧？」

「咦……是這樣嗎？」

我急忙看向菊岡。到剛才為止，我都以為今天的主題是Unital ring事件——不對，等等喔。現在仔細一想，愛麗絲帶來「二十九日十五點，高級蛋糕店」的訊息應該是在新生艾恩葛朗特墜落之前。也就是說，菊岡試圖跟我取得聯絡的時候，事件根本還沒有發生。

菊岡在我跟亞魯戈凝視之下，以指尖將黑框眼鏡的鏡橋往上推並且呢喃著「確實如此」。

「今天想找桐人商量……應該說委託的案件，和Unital ring沒有直接的關係。因為時間不多，我就開門見山地說了……桐人，你可以再次潛行到Underworld裡嗎？」

「…………」

沒辦法立刻有所反應的我只能不停眨眼，並且凝視著菊岡的臉龐。但是眼鏡反射從朝南窗戶射進來的冬天陽光，讓我看不見他的表情。我感覺手掌慢慢變熱，同時以沙啞的聲音反問：

「這個嘛……我個人是求之不得，但為什麼是你直接跑來問我？經由凜子小姐來傳達不就可以了？」

「其實神代博士反對再次把桐人牽扯進來。她說如果一定要的話，就得親自來見你並且把事情說個清楚。」

「啊……」

如果是這樣就還能接受。實際上，在這一個月裡，不論我再怎麼拜託神代凜子博士「我還想再去Underworld」，她都只是回答「仍在評估狀況當中」。她當然不是在惡整我，而是以我的安全為最優先考量，但是從ＲＡＴＨ六本木支部的ＳＴＬ進行潛行的話，對肉體應該不會有危險才對，而且Underworld內部……這麼說聽起來可能有點傲慢，不過老實說現在應該沒有什麼能夠威脅得了我。

「……原來如此。那麼，是什麼原因讓你找我再次潛行到裡面呢？」

結果菊岡稍微瞄了一下四周圍。因為是平日的白天，所以來店的客人並不多，周圍的桌子全都空著。應該沒有遭到竊聽才對，但菊岡還是更加壓低聲音呢喃：

「似乎有什麼人入侵了Underworld。」

「…………！」

我一瞬間瞪大了雙眼，然後同樣壓低聲音追問：
「你說入侵……到底是怎麼回事？是什麼人？什麼時候發生的？」
「哎呀，先等一下。」
輕舉起雙手後，菊岡就看向亞魯戈並且說：
「……亞魯戈小妹，妳對Underworld有多少了解？」
「以情報販子來說實在很丟臉，大概只知道主流媒體所報導的內容。」
「也就是知道Underworld存在於Ocean Turtle內部，而Ocean Turtle目前被封鎖在八丈島沿岸嗎？」
「不過那個封鎖，具體來說是什麼狀況則是完全不清楚。」
「就是字面上的狀態。海上自衛隊的護衛艦與海上保安廳的巡視船二十四小時跟監，沒有任何人能靠近。想強行突破封鎖登船的媒體小艇，被巡視船用機槍警告射擊而一時之間引起了騷動不是嗎？」
「確實有過這樣的新聞。嗯，我大概知道嘍。」
亞魯戈點點頭後，菊岡就把視線移回我身上。
「剛剛提到的入侵，當然不是有人在現實世界偷偷進入Ocean Turtle。一個星期前，有除了RATH相關人員之外的某個人潛行至虛擬世界Underworld的形跡。」

「潛行……」

我小聲重複了一遍。

以「泛用視覺化記憶（Mnemonic visual）」這種特殊檔案形式建構起來的Underworld，必須使用只有設置在RATH六本木支部與Ocean Turtle的Soul translator才能潛行進去……在RATH打工時的我是這麼認為，但實際上並非如此。

Underworld同時存在真實性與現實世界同等的泛用視覺化記憶版，以及用The seed程式套件所製作的多邊形版本。要體驗高精細的世界就只能使用STL，但跟SAO與ALO同等級的多邊形版本的話，使用AmuSphere也能夠潛行。事實上，在Underworld爆發的「異界戰爭」到了尾聲時，就從日本、美國、韓國與中國潛行了數萬名VRMMO玩家並且展開了一場激戰。也就是說，只是要進入Underworld的話，只要有一台AmuSphere就足夠了——但是……

「……但是入口呢？現在要潛行到Underworld，必須經由寄給我……不對，是寄給愛麗絲的冰島伺服器IP才行吧？」

「嗯，RATH使用的衛星線路在政府的判斷下遭到阻絕了。也就是說，一般來看入侵者應該是使用同樣的路線才對……」

「…………」

我瞪著盤子裡千層酥的碎片，同時拚命攪動腦汁。

我推測把連結Underworld的IP位址寄給我的應該是茅場晶彥的電子鬼魂。潛伏在人型機器身軀「二衛門」裡，觀察著Alicization計畫的他，當Ocean Turtle陷入核子反應爐的水蒸氣爆發危機時，隨即衝入引擎室解除了危機，但應該遭到破壞的二衛門卻只留下機油的痕跡就消失無蹤了。如果茅場以二衛門的身分所進行的最後一件工作是把某種通訊設備設置在Ocean Turtle裡面的話，那麼剛才提到的入侵者也同樣是從茅場那裡得到伺服器位址的嗎——或者入侵者就是茅場本人呢？

「……菊岡先生，你們是怎麼知道有人潛行到Underworld的呢？從六本木沒辦法即時監控才對吧？」

我一這麼問，菊岡就以煩惱的表情點了點頭。

「確實是這樣。但是幸好，透過那個伺服器好不容易確認到Ocean Turtle裡閘道伺服器的記錄……該處記錄著來自於外部的連線。」

「……外部是……？」

「The seed連結體的日本節點。也就是某個人將自己的角色轉移到Underworld去了。」

三十分鐘後。

現在這個時代還用現金付超過含稅一萬日圓以上帳單的菊岡，說了句「那麼今晚跟你聯絡」後就消失在銀座熙熙攘攘的人群中。

直到穿著西裝的背影消失，我還是有好一陣子在步道的角落無法動彈。要思考的事情實在太多，感覺稍微歪個頭情報就要滿出來了。

目前進行中的Unital ring事件。

一個星期前發生的Underworld入侵事件。

以及成為菊岡與亞魯戈接觸契機的CAMULA公司的可疑行動——

稍微瞄了身邊一眼，發現亞魯戈正把手插在運動外套的口袋裡，僵硬地轉動著頸部。

「哎呀～蛋糕雖然很好吃，但那種店會讓肩膀僵硬呢～」

「……這一點我也同意。」

忍不住這麼呢喃之後，我就走近一步向她追問：

「等等，說起來妳到底是來做什麼的？結果還是沒能拿到想要的報酬之類的嘛。」

「哎呀，那本來就不是能立刻拿出來的東西，而且我也不是很急。」

「……妳要了什麼？」

「嗯……好吧，這個就免費告訴你。是某個SAO生還者在現實世界的情報。」

「SAO生還者……？咦，妳在接受委託時就知道菊岡……克里斯海特是那種身分的人了嗎？」

「因為他自稱總務省假想課的相關人員呀。」

「啊，原來如此……那麼……那個ＳＡＯ生還者是我也認識的人嗎……？」

一瞬間猶豫了一下後就這麼問道，結果亞魯戈單邊臉頰浮現淺笑並且回答：

「沒辦法透露這麼多喲。嗯……這是我自己的私事。」

「這樣啊……」

當然亞魯戈被囚禁在那個世界的兩年裡也遇見了許多事情吧。我不打算去打探那些事情。深深呼出一口氣來轉換心情後，我就抬起視線。不知道什麼時候深灰色的雲已經覆蓋半邊傍晚的天空，真是名符其實的烏雲密布。

順著我視線看去的亞魯戈，嘴裡說出符合情報販子身分的發言。

「都心從十八點起的降雨機率是七十％喲。」

「咦，真的嗎……川越呢？」

反射性這麼問完，就聽見對方以傻眼的聲音回答：

「這點小事自己查好嗎……雖然想這麼說，不過大姊姊很好心，就免費幫你查一下吧。」

從口袋裡拿出手機並且迅速敲打畫面的亞魯戈咧嘴笑了起來。

「很遺憾，川越市從十八點開始是八十％。」

「……謝謝喔。」

雖然郵差包側邊的袋子裡塞了小型摺疊傘，但是也不能邊騎腳踏車邊撐傘，所以抵達川越時要是正式下起大雨就得淪落到步行走過到家為止的兩公里路程。雖說穿上雨衣就能騎腳踏車強行突破這段距離，不過媽媽、直葉、亞絲娜以及結衣都對我說過「夜裡在雨中騎車很危險，不要這麼做！」了。至今為止已經讓她們擔心過好幾次，這點小事至少得按照吩咐才行。

現在立刻衝進地下鐵的話，或許在開始下雨前就能抵達本川越車站，但我還有一個重要的任務尚未完成。做好步行兩公里的覺悟，正準備說出「那我先走了」的時候又改變了主意。

「……那個，亞魯戈小姐，還有一件事希望能請教妳……」

一開口這麼說，情報販子的嘴角就往下彎了。

「我差不多要收錢嘍。」

「收錢也沒關係啦。」

「……什麼事？」

「那個……比方說，如果是妳的話，亞絲娜的生日會送她什麼禮物？」

下一刻，亞魯戈就張大了嘴巴，接著嘆了一口長長的氣。

「…………我說桐仔啊，這完全不是在假設吧。小亞的生日就是明天了。你還沒準備好禮物嗎？」

「咦……妳知道亞絲娜的生日是九月三十日嗎？」

「我認識小亞也有很長一段時間嘍。雖然現實世界今天才首次見面。」

「啊……嗯，說得也是……」

我和亞絲娜雖然在艾恩葛朗特裡面結婚了，但是幾乎沒有提到彼此在現實世界的相關話題。甚至連年齡跟本名，都是在浮遊城崩壞的時候才終於全盤托出。但亞魯戈真是名不虛傳，應該是在我不知道的時候就問出亞絲娜的生日了吧。

「……那麼，不是打比方，妳覺得亞絲娜喜歡什麼樣的禮物……？」

再次這麼詢問之後，亞魯戈就舉起右手輕輕戳了一下我的上臂。

「桐仔，禮物也包含了自己絞盡腦汁思考該送什麼的心意喲。說起來呢，你應該比我更了解小亞才對吧。」

「這我當然知道，結衣也這麼對我說……雖然知道……」

呼一聲吐出一口氣後，我再次往上看了一下不斷被烏雲覆蓋的天空。看起來隨時都可能降下雨來。

「……最近時常會想……我知道的都是虛擬世界的亞絲娜，根本不太了解現實世界的她。沒有啦……不只是亞絲娜。連莉茲、西莉卡、詩乃、艾基爾跟克萊因也一樣……甚至連妹妹莉法，可能都只能藉由虛擬世界才能跟她面對面……」

有點自言自語般說到這裡之後，我就露出隱藏害臊的笑容。

「隔了兩年才剛再次見面，聽我說這些也很困擾吧。我會自己想該送亞絲娜什麼禮物。抱歉占用了妳的時間……妳現在要回神奈川去嗎？」

「怎麼可能每天從神奈川的左下方到西東京市通學。我在學校附近租了房子啦。」

這麼回答完，亞魯戈就輕咳了一聲。

「嗯，我在人際關係上也沒有資格對人說三道四啦……為了報答貴死人的蛋糕，我就給你一個建議吧。」

「……免費嗎？」

「免費喲。聽好了，桐仔。你想太多了。不論是現實還是虛擬，人類的內在都是一樣的對吧？把兩者分開根本一點意義都沒有喲。」

「…………」

「那種表情是怎麼回事。」

「沒有啦……就覺得亞魯戈小姐年紀真的比我大……」

「不是從以前就說過我是大姊姊了！」

再次輕戳了一下我的肩口，亞魯戈就輕跳往後退了一步。

「再送你一個建議當贈品。就算打腫臉充胖子在銀座買名牌，我想小亞也不會高興喲。」

這麼堅定地說完後，她就揮了揮手——

「那麼今晚見嘍！」

讓卡其色運動外套翻飛後，亞魯戈也消失在人群當中。

正準備「打腫臉充胖子在銀座買名牌」的我，把背部靠在大樓的牆壁上，然後呼出一口氣來。閉上眼睛，隔絕周圍的雜音，將相遇到今天為止的亞絲娜身影在腦袋裡想過一遍。

在艾恩葛朗特第一層迷宮塔深處，即使自己滿身瘡痍還是以像流星一樣美麗的劍技持續狩獵著怪物的亞絲娜；作為公會血盟騎士團的副團長，毅然指揮著樓層魔王攻略戰的亞絲娜；在第二十二層的森林之家，坐在搖椅上打盹的亞絲娜；在所澤的醫院床上，抱著剛脫下來的NERvGear等待著我的亞絲娜。

在阿爾普海姆裡實際上線的新生艾恩葛朗特，跟「絕劍」有紀單挑的亞絲娜；以超級帳號潛行至Underworld，為了守護人界軍而奮戰到底的亞絲娜；還有在歸還者學校的祕密庭院裡，靠在我肩膀上的亞絲娜——

回想起來，相遇之後經過四年多的時光裡，亞絲娜總是在身邊支持著我。跟我給她的比起來，她帶給我的絕對遠遠超過我付出的。但是我確實開口說出感謝之意的次數又有幾次呢……

「真是的……」

再次確認自己的無能後，我便再度嘆了一口氣。不論要送什麼禮物，到時候一定要確實把自己的心意說出口，我在內心如此發誓，同時開始朝著地下鐵車站走去。

2

在池袋買完東西，跳上東武東上線的急行列車後經過三十二分鐘。川越車站西口圓環的路面尚未濕濡。天氣預報應用程式也顯示距離降雨還有十分鐘左右的時間。我急忙跑到市營腳踏車停車場，拉出愛車並且跨坐上去。

從車站到自宅，穿越所謂小江戶區域的川越一番街是最短的路線。這裡從以前交通量就相當大，但是五六年前進行的道路拓寬工程鋪設了自行車道，所以騎車變得很方便。被從南邊迫近的雨雲追趕著的我拚命踩著腳踏板，穿越小江戶區域後往右轉。當我一回到在巨大神社附近的自己家，水滴就以猛烈的來勢掉落。我急著將MTB退避到屋簷下，然後以防水素材的包包擋雨並衝進玄關。結果在我開口說「回來了」之前——

「歡迎回家！太慢了吧，哥哥！」

身穿運動服在玄關橫木上等待的直葉就這麼大叫。

「有什麼辦法嘛，我通學的時間是妳的一倍……」

剛反駁到這裡，我就歪起脖子。

「咦……昨天好像也有過這樣的對話喔？」

「有喔。」

直葉直接肯定了我的似曾相識感。看來不是重複輪迴同一天……當我想著這種沒營養的事情時，直葉就跟昨天一樣把毛巾遞給我。心懷感激地接下之後，我就一邊拭去汗水一邊確認。

「那個……也就是說，今天也準備讓我立刻開始潛行嗎……？」

「那還用說嗎！因為哥哥不在的話，就無法決定桐人鎮接下來該如何發展了吧。」

「……等等，我不記得幫城鎮取了這個名字！」

「大家都這麼稱呼了喲。好了，快點衝回房間……等等，你買了什麼回來？高級零食？」

直葉將視線停留在我左手那個印有百貨公司商標的手提袋。雖然看起來的確很像裝了高級的甜點，但很可惜的是並非如此。

「沒有啦，這個是，呃……」

一聽見我曖昧的聲音，直葉似乎就了解是怎麼回事了。

「啊……啊～原來如此。應該說……今天才買來嗎？這也太遲了吧！」

「這就表示我真的經過深思熟慮……好了，要到那邊去不是嗎？今天妳可要從自己的房間潛行喔。」

「好喔～廚房裡準備了飯糰嘍。」

咧嘴笑了一下後，直葉就小跑步爬上了階梯。我一邊朝廚房前進，一邊想著明年春天直葉生日時必須早點決定要買什麼生日禮物。

換上輕鬆的服裝，嚼著直葉幫忙準備的鮭魚與鱈魚子飯糰，上完廁所後就躺到床上把AmuSphere戴到頭上。

Unital ring事件發生到現在很快地已經過了三天，但眾多謎題不但沒有被解開，反而令人更加困惑。ＳＮＳ與留言板網站雖然到處出現根本無法追趕上的大量考察，但目前都是毫無根據的臆測……在前往銀座的路途中亞魯戈這麼表示。唯一可以確定的就只有仍未有玩家抵達「極光指示之地」。

當然我們的目標也是該處，但是最先抵達的可能性相當低。因為大部分伙伴都是學生與社會人士，平日的早晨到傍晚都無法登入。ＡＬＯ轉移組的正式開始地點是「斯提斯遺跡」，而我們現在仍靠著整間房子掉落在該遺跡往前二十五公里處的優勢，至少在ＡＬＯ組裡面應該算是待在最前方的集團，但是不到一個星期就會被能夠一整天潛行的主力玩家們趕上了吧。實際上，前天與昨天夜裡都遭到ＰＫ集團襲擊。如果他們的裝備等級跟我們相同的話，全滅的應該就是我們了。

但就算是這樣，翹課依然是絕對不可能的選項。現在只能盡量完成學生的本分，然後盡全力玩遊戲。

我調暗房間的燈光，閉上眼睛並且呢喃：

「開始連線。」

在視界裡擴散開來的七彩放射光把身體壓在床上並且消除重力，讓我的意識飛翔到虛擬世界。

等重力再次回歸，我立刻就睜開雙眼。看見熟悉的圓木屋天花板……讓我放心地鬆了一口氣。原本擔心去學校上課的期間會不會發生第三次的襲擊，不過目前我的房子仍是平安無事。如果受到襲擊，負責留守的愛麗絲或者結衣應該會跟我聯絡，那時候就算還在上課，我也決定要衝到保健室，利用Augma來潛行，不過如果可以的話還是想避免這樣的情況出現。

帶響著從第一天晚上就一直穿在身上的金屬鎧甲站起身子，接著環視圓木屋的客廳。今天早上登出時，裡面塞滿了好不容易才會合的同伴，但現在看不到任何人的身影。至少莉法應該幾乎跟我同時登入才對。

「……喂，小直……不對，莉法，妳不在嗎？」

我發出這樣的聲音並朝玄關走去，接著打開厚厚的大門。

直徑十五公尺，以面積來說大約一百八十平方公尺的圓形庭院被高大石牆圍住，幾個大型設備沿著牆壁並排在一起。但是內部完全無人，不只是結衣與愛麗絲，就連可靠的三隻守護獸長喙大鬣蜥阿蜥、背琉璃暗豹小黑、尖刺洞熊米夏都不見蹤影。

突然感到不安的我再次開口呼喚。

「喂～有人嗎……」

但是聲音卻只是空虛地被鮮紅色傍晚的天空吸進去。由於今天早上登出前所有人都互相登錄為朋友了，只要打開環狀選單就應該能傳送訊息給任何同伴，不過如果名單變成空欄怎麼辦……在這種孩子氣的不安襲擊下，我甚至不想動自己的右手。

從門廊來到地面，斜向橫越前院後來到南側的門。靜靜地推開昨夜襲擊時，亞絲娜、愛麗絲以及西莉卡拚死守護的木門。

到昨天為止，圓木屋外面都是一大片深邃的森林，但這樣的光景已經完全改變。反過來利用襲擊者們焚燒的樹木，出動所有成員來建造大量的房子。直葉所說的桐人鎮這個之後絕對得改名的「城鎮」直徑是六十公尺。然後以X字道路分割為東西南北四個部分。我眼前這一大片南區預定將成為商業地域，不過現在仍沒有任何店家營業，所以給人鬼城一般的印象。包圍圓木屋，暫稱「內圈」的圓形道路，以及從該處朝東南以及西南分歧的「四點鐘道路」與「八點鐘道路」上也看不見人影。

正當我準備再次以最大音量呼喊而將肺部吸滿空氣時——下一刻。

感覺似乎聽見細微的小孩子笑聲，於是便屏住了呼吸。

一道惡寒竄過背脊。這個城鎮裡應該沒有小孩子。如此一來……是幽靈嗎？是這個空蕩蕩的城鎮把幽靈系的怪物給吸引過來了？

我靜靜地呼出一口氣並豎起耳朵。聽覺再次對「呀呀」的尖銳笑聲產生反應。不是我的錯覺，聲音似乎是從東邊傳過來。

我叫出環狀選單，將「高級鐵製長劍」裝備在左腰之後，就沿著包圍圓木屋的石牆往東邊走。右斜前方立刻能看見巨大的木造建築物。

東區是昨天跟詩乃一起來到這裡的老鼠人型ＮＰＣ帕特魯族們的居住地。扇形區域的頂點部分蓋了我現在所見到的集會場，中央則是兼作田地的廣場，外圍則並排著小小的房子。

再次聽見孩子嬉鬧的聲音。是集會場裡面……不對，是從對面的廣場傳過來的嗎？多達二十人的帕特魯族可能因為幽靈系怪物襲來而全滅，腦袋裡想著這種最糟糕的狀況，同時靜靜地踏進東南的四點鐘道路。由於仍未鋪設地面，所以帶著鐵製裝甲的靴子也不太會傳出腳步聲。沿著集會場的牆壁慎重地前進，然後偷偷窺看廣場。

「…………耶？」

從我的口中發出這種呆滯的聲音。

形狀宛如切開的年輪蛋糕一般的廣場，今天早上應該還只是一片裸地，現在北半部已經變成田地，數名帕特魯族正在照顧看起來像是玉米的農作物。而仍然空曠的南半部則可以看見莉法、西莉卡、亞絲娜以及結衣並肩站立，注視著巨大四腳獸——尖刺洞熊米夏。不對，她們笑著觀看的是跨坐在米夏背上的五名年幼帕特魯族。

跟大人比起來鼻子較短且耳朵較小的小孩子，每當米夏走路就會發出巨大的興奮嬉鬧聲。以人類來說大概只有一歲兒童大小的他們，只要體長超過三公尺的米夏興起念頭，應該一口就能把他們吞下肚……不對不對，現在還有更重要的事。

「……喂，那些孩子是……」

我悄悄靠近莉法並如此對她耳語後，妹妹就迅速轉頭然後大叫：

「啊，終於來了！」

亞絲娜她們也注意到我的存在，各自對我打招呼。反射性回了「哈囉」後就再次詢問：

「噯，那些小老鼠……不對，是帕特魯族孩子是從哪來的？昨天從基幽魯平原的牆壁迷宮出發的時候只有六個大人吧？」

結果莉法與西莉卡、亞絲娜就僵硬地移開視線，愛麗絲則是用納悶的表情說：

「好像是昨天夜裡生出來的。」

「生……生出來的？」

重複這麼大叫完，我就再次看向米夏的背部。在那裡大聲喧嘩的五個孩子，雖然跟大熊比起來就像是豆子一樣渺小，但感覺也不像是嬰兒。

「……一起來的帕特魯族裡面有孕婦嗎……？就算是這樣，只有半天就長成這樣也太快了吧？」

結果這次換成結衣為我做出明確的說明。

「爸爸，我今天一直都跟帕特魯族的人在一起，那些孩子是上午九點左右突然一起出現的。帕特魯族似乎早就知道會這樣，事前已經準備好符合人數的床鋪。出現的時候五個人都是這麼一丁點的……」

這時結衣把雙手攤成哈密瓜左右的大小——

「原本是這麼小的嬰兒，但九個小時就長大成那樣了。現在已經會說簡單的單字。」

「……咦咦咦……」

我只能發出這樣的呢喃。一個晚上就生出五個嬰兒，半天就能成長到這種地步的話，一個星期後這個城鎮不就充滿了帕特魯族嗎？

或許是察覺了我的戰慄吧，結衣再次開口解說。

「這是我根據有限的檔案所做出的推測，我想Unital ring會根據ＮＰＣ的居住地面積與環境來增減人數。爸爸你們建立的帕特魯族房屋可以容納超過二十個人，所以才會誕生適當人數的嬰兒吧？」

「這樣啊……原來是這麼回事。」

如此回應的是亞絲娜。

「我一登入就看見小孩子也嚇了一跳，聽結衣說今天早上才出生時又更加驚訝，就算Unital ring是超高性能的虛擬世界，那個……也不可能重現生殖機制吧。」

下一刻，愛麗絲就一臉認真地表示：

「地底世界的機制跟現實世界幾乎相同喔。」

關於她的發言，亞絲娜、西莉卡以及莉法似乎都無法做出評論。沒辦法的我只能硬著頭皮以身犯險了。

「那……那是因為Underworld是例外中的例外……」

當我說到這裡才想起還有另外一個例外——Sword Art Online刀劍神域。用那個世界藏在設定選單超級深層處的某個按鍵將限制級規範解除後，就能夠進行該種行為。當然……應該沒有辦法懷孕，但茅場晶彥到底是在想什麼才會讓那種機能實際上線呢？

由於The seed程式套件沒有這樣的機能，所以Unital ring應該也一樣才對——不對，說不定真的有。

「就算無法重現程序，但這是款世界觀製作得如此精細的遊戲，NPC可以生小孩的話那麼玩家應該也可以……」

當我在有些下意識的狀態中呢喃到這裡的瞬間。

「怎麼可能……辦得到嘛！」

莉法用力拍打我的背部，雖然不感覺疼痛，但我還是忍不住大叫「好痛啊！」。

「妳……妳做什麼啦！」

「誰教桐人你胡言亂語！玩家之間生小孩的話，那個孩子要由誰來操縱？」

「那……那當然……跟ＮＰＣ一樣，由ＡＩ來……」

我無法繼續把話說完。因為突然一道宛如銀色火花的疼痛貫穿腦袋中央，讓我整個人再也站不住。

「嗚…………」

當我一邊喘氣一邊踩著踉蹌腳步時，愛麗絲就迅速撐住我的右臂。莉法也瞪大綠色眼睛來窺看著我的臉龐。

「怎……怎麼了，哥哥？」

「沒有啦……我沒事，只是有點頭痛罷了。」

西莉卡一聽我這麼說，就以擔心的口氣表示：

「桐人哥，你沒什麼睡對吧。今天要早點下線嗎？」

坐在她頭上的小龍畢娜也發出「啾……」的叫聲，我便急忙回答：

「不用了，我不要緊。現在已經沒事了。」

實際上疼痛一瞬間就消失，現在就算用力搖頭——虛擬世界的動作對於真實肉體的腦部不可能有影響——也完全沒有刺痛感。納悶地想著「究竟是怎麼回事」的我一移動視線，就跟帶著某種空虛表情的亞絲娜四目相交。栗色眼睛明明望著這邊，卻像是看透了我而直接注視著遙遠的地方。

「……亞絲娜？」

小聲這麼呼喚之後，經過不停地輕輕眨眼，對方眼睛的焦點就拉回我身上。

「啊……抱歉，剛才發呆了一下。」

「大家都一樣睡眠不足嘛。今天覺得累的人就不要硬撐，下線去休息吧。」

「說得也是。桐人你也一樣喔。」

「了解。」

雖然如此回應，但我完全沒有打算早睡。根據我的直覺，在事件發生第三天的今天所做的努力，將會左右這個城鎮的存續——以及伙伴們的生存。

看向廣場的中央，就看見小老鼠們依然在持續繞圈的米夏背上喧鬧著。半天就可以從嬰兒成長到這種地步的話，不到幾天就能直接成為大人了吧，還是會在哪個地方開始煞車呢？不論如何，為了這些孩子，必須得好好地保護這個城鎮才行。

「那麼……小黑和阿蜥到哪去了？」

詢問剩下來的兩隻寵物去向後，西莉卡就看著西南方向並回答：

「莉茲小姐和詩乃借去河邊搬石頭了。原本只要帶米夏去就可以了，但沒辦法跟小孩子們說不能繼續玩了……」

「原來如此。」

看來Unital ring世界裡的寵物，只要是跟飼主完成朋友登錄的玩家，就會接受一定程度該名玩家的命令。

「那我也去幫忙吧……」

我一這麼呢喃，亞絲娜、莉法、愛麗絲以及結衣就異口同聲地表示「我也去」。把米夏交給待在現場的飼主西莉卡後，我們就準備移動到城鎮的西南大門去。

走出內圈往西前進短短幾公尺時，就聽見複數的腳步聲。從八點鐘道路現出身影的是莉茲貝特與詩乃，她們身後則是小黑與阿蜥。兩隻寵物背上著裝著應該是亞絲娜所做的揹袋。

「辛苦了。」

如此打招呼之後，莉茲貝特就做出「哈囉」的回應，詩乃則像是在思考什麼般低著頭。我一面搔著跑過來的小黑的脖子，一面呼喚著槍使。

「詩乃，怎麼了嗎？」

「咦……嗯，正在想點事情……」

停下腳步的詩乃環視著站在身邊的我們並且說：

「這座桐人鎮四周的資源豐富固然是件好事，但是攻擊我方的敵人也同樣能拿來利用對吧？」

「咦……這是什麼意思？」

「比如說，木匠技能的選單如果有投石機或者破城槌等工具，就能利用河岸的石頭與森林的樹木盡情製作兩者了吧？就算沒有這些東西，目前也能製造作為攻擊方據點的碉堡……」

「碉堡……」

我重複了一遍，然後跟亞絲娜等人面面相覷。

根據我粗淺的理解，碉堡是跟能夠連射的大型火器成套運用。如果是現在詩乃背負的毛瑟槍等級的火器，應該無法破壞城鎮的牆壁才對，也能夠趁裝填子彈的空隙接近……想到這裡我才注意到一個事實。

「對喔，從GGO轉移過來的玩家，也有繼承超大機槍的傢伙嗎？」

「嗯。現在雖然跟黑卡蒂一樣超重而無法運用，但總有一天會可以使用。在那一天來到之前，還是先想出對策比較好吧。」

「唔～～嗯……」

老實說，現在仍無法有具體的想像。雖然投石機、破城槌也是一樣，但是城外並排著石造碉堡，然後從該處以重機槍對我方發動攻擊的光景實在太沒有現實感了。

但對於詩乃來說，這一定是在ＧＧＯ世界裡不知道重複過多少遍的戰鬥的一部分吧。帕特魯族移居到這個城鎮，甚至還生下孩子的話，就無法輕易加以放棄了。我們有責任預測各種狀況並且做好防範的準備。

「……我知道了。只要大家集思廣益，肯定就能想出不讓外面的資源遭到敵人利用的方法。但今天最先要討論的事情是……」

我說到這裡就先停下來，然後依序看著眾人的臉龐並表示：

「城鎮要取什麼名字。」

「咦，不就叫桐人鎮嗎？」

詩乃這麼回答，亞絲娜等人也準備跟著點頭，我便急忙伸出雙手。

「駁回駁回！取這種名字的話，遭到攻擊的機率會上升吧！」

「哦，你也知道自己被盯上了嗎？」

當我無法立刻回答莉茲貝特的批評時，莉法跟亞絲娜就發出輕笑，愛麗絲則一臉認真地說著：「你這傢伙到底在ＡＬＯ以及其他世界做了些什麼？」

暫時先回到圓木屋的我們，和終於從小老鼠身邊解放出來的西莉卡會合，大家圍坐在客廳裡。亞絲娜引以為傲的大型桌子仍處於消失狀態，雖然想盡快製作替用品，但是必須先找到樹幹最少有一．五公尺的樹木才行。很可惜的是，生長在這附近的旋松與其他樹種，最大的直徑也只有八十公分左右，想製作容納十二個人的大桌子仍有點不足。

幸好固定在廚房的灶沒有消失，莉茲貝特又用打鐵技能幫忙製作了鐵鍋，所以能夠燒熱水。亞絲娜把不停冒著熱氣的鍋子拿過來之後，就朝裡面撒入黑色粉末。

「……亞絲娜，那是什麼？」

亞絲娜以有些得意的語氣回答莉茲貝特的問題。

「昨天晚上等待莉茲你們的期間，我從森林裡摘來各種植物的葉子，試著用鍋子把它們烤乾。然後就變成這樣的粉末，並且獲得了製藥技能。嗯，能煮成飲料的只有一半，其他都變成染色劑就是了。」

「染色劑……」

重複了一遍後才終於注意到。我出發到基幽魯平原時，亞絲娜原本跟阿爾普海姆時代相同的水藍色頭髮，現在已經變成艾恩葛朗特時代那樣的亮栗色了。

「……妳的頭髮是自己染的嗎？」

「終於發現了。」

面對露出傻眼表情的亞絲娜，我又繼續提出問題。

「其他還有什麼顏色的染色劑？」

「嗯……還有更深一點的茶色、暗紅色、深灰色吧。」

「唔唔……」

我一瞬間也想著要改變髮色看看，但老實說這些顏色我都不是很喜歡。西莉卡玩弄著跟亞絲娜很相似的亮棕色頭髮並且說：

「我想華麗的顏色或者完全相反的深黑色染色劑比較稀有。桐人哥改變髮色的話就太可惜了。」

「唔唔唔……」

當我發出沉吟聲的期間，亞絲娜已經將符合人數的素燒陶器杯子並排在地板上，然後用木製勺子將鍋子的內容物舀到杯子裡。

「另外也製作了幾種茶類，但最受好評的是這種葉子。」

「只是跟其他的比起來好喝一點喔。」

應該幫忙試過味道的愛麗絲一這麼插嘴，旁邊的西莉卡也不停點頭。

亞絲娜遞過來的杯子裡面裝了染上深黑紫色的液體。我先聞了一下味道，結果說是茶也可以，但說是藥也不覺得奇怪的複雜氣味就刺激著我的嗅覺。雖然有種不祥的預感，但我不可能辜負亞絲娜的努力。

畏畏縮縮地啜了一口後，麥茶加上紅紫蘇般的風味就在嘴裡擴散開來，ＨＰ條右側亮起了葉子圖案的支援效果圖標。

「……這是藥嘛！」

我一這麼叫道，愛麗絲跟西莉卡就不停地點頭。

雖然支援效果令人在意，但因為味道絕不算差，所以在跟亞絲娜敘述感想與道謝後一瞬間就來到了晚上七點，這時克萊因也登入遊戲。艾基爾必須到十點左右才能參加，不過他的本業是咖啡廳店長，所以這也是沒辦法的事。

才剛開始會議，我就率先提出城鎮正式名稱的議題，但包含我在內的所有人都無法提出超越「桐人鎮」這個名稱的提案，於是只能先當成今後的課題。

下一個議題是繼帕特魯族之後的ＮＰＣ移居計畫。第一候補是西莉卡與莉茲貝特已經先建立起友好關係而且居住地也算近的巴辛族，第二候補是詩乃遇見的鳥人也就是歐魯尼特族。如果能操縱目前最強的遠距離攻擊手段，也就是毛瑟槍的歐魯尼特族能夠移居到此將會是很強大的助力，但是他們的城市位在廣大基幽魯平原的另一邊。據詩乃所說，與魔法青蛙「Goliath rana」戰鬥的大牆另一邊有強力恐龍型怪物出沒，橫越平原算是在賭命，所以完全不能保證他們會接受移居的邀約。

如此一來，果然還是應該先嘗試巴辛族吧。在這個結論之下，自願負起交涉任務的是莉茲貝特。由於結衣與亞絲娜也表示要同行，因此我也非常想跟著去，但還有其他重要的任務。

第三個議題是詩乃在意的「城鎮周邊的豐富資源將會遭敵人利用的問題」，雖然眾人同樣提出許多意見，但最後還是只能做出嚴加警戒這樣的結論。雖然也有擴張作為防衛線的石牆並且鋪設內部，讓敵人無法採集石頭與木材這樣的手段，但是防衛線擴張的話警戒與防衛所需的人力也將大幅增加，而且我方在收集素材上也會變得相當辛苦。說起來建立城鎮就是要讓其他玩家猶豫是不是要發動攻擊，跟強化物理防禦比起來，還是應該以發展為正式的城鎮為優先吧。為了辦到這一點，必須要有善於情報收集的伙伴加入。

會議結束之後，就把留守桐人鎮（暫稱）的任務交給西莉卡&米夏、詩乃、克萊因以及愛麗絲，我和小黑一起出發前往跟亞魯戈會合的地點斯提斯遺跡——原本應該是這樣。

但是在我離開西南大門的前一刻……

「桐人，我也要一起去。」

金屬鎧上罩著連帽斗篷的愛麗絲隨著這句話跑了過來。從ALO的虛擬角色繼承過來的貓耳朵剛剛好收納在縫在斗篷上的口袋裡，看起來實在非常可愛。

「咦……愛麗絲也要去？為什麼？」

「哪有為什麼。我偶爾也會想去外面走走啊。」

鼓著臉頰這麼回答完，愛麗絲就正色小聲加了一句：

「而且，我有話想跟你說。」

看見那種嚴肅的表情就能想像得到她想說什麼，如此一來就無法隨便拒絕了。

「……我知道了。但是，得告訴別人愛麗絲也要一起去才行……」

「我跟克萊因和詩乃說過了。克萊因不知道為什麼露出嘻皮笑臉的表情。」

「…………」

我想著等一下要傳訊息叮嚀他別胡思亂想並開口表示：

「那我們走吧。不過要趕一下路喔。」

「沒問題。」

愛麗絲這麼回答的同時，小黑也發出「嘎嗚」的低吼。

兩人一獸稍微打開厚重木製大門來到外面後，就開始朝著南方的河川奔馳而去。

3

九月二十九日下午七點的現在，我和可靠同伴們大致上的角色資料如以下所顯示。

桐人：單手劍使／鐵匠／木匠／石工／木工／馴獸師　等級16　「剛力」。
詩乃：槍使／盜賊／石工　等級16　「俊敏」。
愛麗絲：單手半劍使／陶工／織工／裁縫師　等級15　「剛力」。
莉法：單手半劍使／木工／陶工　等級12　「剛力」。
莉茲貝特：鎚矛使／鐵匠／木匠／織工　等級11　「頑強」。
西莉卡：短劍使／馴獸師／織工　等級10　「俊敏」。
結衣：小劍使／火魔法使／廚師／織工　等級10　「才智」。
亞絲娜：細劍使／藥師／廚師／木工／陶工／織工／裁縫師／馴獸師　等級9　「才智」。
克萊因：彎刀使／木工／石工　等級8　「剛力」。

艾基爾：斧使／木工／石工　等級８　「頑強」。

米夏：尖刺洞熊　等級６。

阿蜥：長喙大鬣蜥　等級５。

小黑：背琉璃暗豹　等級５。

畢娜：羽翼龍　等級２。

克萊因與艾基爾的等級之所以那麼低，是因為昨天才剛轉移過來而已，至於從Unital ring誕生時就登入的亞絲娜，等級也不太高的原因是因為大多負責留守。另一方面，雖說她的習得技能果然是最多，但是生存系ＲＰＧ的生命線最後要看的還是ＨＰ的量。

我和詩乃的等級之所以如此突出，是因為我打倒尖刺洞熊——米夏的前一代個體——與Goliath rana，詩乃則是打倒了史提羅克法羅斯這種魔王級怪物。下一次得找亞絲娜一起去狩獵強大怪物來提升她的等級才行。話說回來，跑在身邊的貓耳騎士大人也跟亞絲娜一樣都負責留守才對啊。

跑在河畔的我關上看著的朋友名單，然後對同行者問道：

「愛麗絲啊，妳是什麼時候把等級提升到這種程度的？」

「當然是昨天跟今天的白天啊。因為我沒有上學。」

從她的回答裡感覺到些許鬧彆扭的味道，我不禁縮起脖子。愛麗絲似乎向RATH表示過想到歸還者學校上學，但很容易就能想像這陣子應該都不可能獲得同意。

我在內心祈禱著至少明年三月亞絲娜畢業之前能夠讓她到學校去參觀，同時繼續問道：

「房子……不對，是城鎮周邊有適合提升等級的怪物嗎？至今為止遭遇的不是狐狸就是蝙蝠之類的，全都是些動作敏捷的動物……」

「森林裡頭是這樣沒錯。在這之前，不論動作是敏捷還是遲鈍，你也知道基本上我不喜歡為了經驗值而狩獵大量的野獸吧？」

「嗯……是這樣沒錯。那妳是打什麼樣的怪？」

結果愛麗絲稍微瞄了一下右側的黑色河面後才開口說：

「雖然不清楚河川的這邊附近會不會出現……不過城鎮正西方有一個極深的潭，該處潛伏著名為『四眼大渦蟲』的怪物。」

「四眼……？是什麼樣的怪物？」

「簡單來說就是巨大的水蛭，寬十五限，長應該有兩梅爾以上吧。」

愛麗絲攤開雙手這麼說道。她最近似乎習慣現實世界的單位系統，較常使用公分與公尺，但只有我們兩個人的時候就會回歸Underworld的「限」與「梅爾」。我想她本人應該也沒注意到吧。

「整隻是透明灰色，不在白天日光直接照射河面時就看不太清楚。正如牠的名字所顯示，頭上有四顆眼睛，想打倒牠就必須正確地砍中中心。尤其要是不小心從身體中段部分把牠切斷的話，後面那一段也會長出頭來，身體瞬間伸長增加為兩隻怪物。」

「嗚咿……跟真渦蟲一樣……」

我繃起臉並回想起來。曾經在國中學過真渦蟲與笄蛭都是渦蟲這種生物的伙伴。

「嗯，四眼大渦蟲當然也是生物，但是心理上還是比狩獵狐狸或者兔子要好多了。這就是人類的……該怎麼說呢……」

「自私？」

「就是那個。現實世界的人類使用很多奇妙的神聖語……不對，是英語，所以根本無法完全記住。」

愛麗絲剛聳聳肩，在她另一邊像滑行般流暢跑過沙地的小黑就像要表示贊成一樣發出「嘎嗚」的低吼。我想應該不是因為——我總是隨便做出「小黑，攻擊！」或者「小黑，Attack！」等指示的緣故吧。

「嗯，這一點我也同意……但是，一個人狩獵亂砍數量就會增加的怪物很危險喔。因為這個世界只要死一次就結束了。」

「地底世界跟現實世界也一樣吧。」

立刻受到這種反駁的話，確實也只能同意了。對於對所有世界一視同仁的愛麗絲來說，像ALO和GGO這種「不論死幾次都能復活的世界」才是例外。

在VRMMO裡面重複輕鬆的死亡與復活後，對於生命的看法會有所變化嗎……雖然開始想起這種不符合個性的事情，但意識隨即被愛麗絲的聲音拉了回來。

「而且四眼大渦蟲只要砍中數量就會增加，很適合拿來升級。」

「咦？噢……對喔，不斷刻意讓牠增加然後打倒其中一隻的話，就能夠不必等待重新湧出的時間持續狩獵了嘛。」

不由得佩服了一下對方後才注意到某件事。

「咦……很深的潭就表示是水中戰嘍？愛麗絲妳會游泳嗎？」

下一刻，右上臂沒有裝甲的部分就被用指尖重重戳了一下。

「你這傢伙還是一樣經常做出侮辱我的發言耶。許多人界的居民確實不擅長游泳，但我可不是這樣喔。」

「但妳到底是在哪裡練習的？不可能是在魯魯河或者諾魯基亞湖游泳吧？」

提出北聖托利亞郊外的河川與湖泊的名字後，愛麗絲一瞬間感到很懷念般瞇起眼睛，接著立刻搖著頭說：

「當然不是了。你應該沒有忘記才對，中央聖堂的九十樓有一座長達四十梅爾的……」

話說到這裡就不自然地中斷了，但我沒注意到愛麗絲露出「糟糕了」的表情而開口大叫：

「咦，妳在大浴場裡游泳嗎？那是成為整合騎士之後的事情吧。什麼嘛，在我跟尤吉歐面前還裝出一臉清高的模樣，結果自己一個人時還不是在浴池裡游……好痛！」

比剛才更強力的戳擊讓我發出了悲鳴。

鬧彆扭的騎士大人之後就不再開口說話，不過總算是知道愛麗絲的等級突然飆高的原因了，在內心的筆記本寫下「有機會的話所有人都去試試」的內容後，我就集中精神在移動上。

河岸上雖然躺著大量的石頭，但是水邊就是濕濡緊實的沙地所以很適合奔跑。當然也有怪物出現，但是具攻擊性的就只有名為「紫跑蟹」的敏捷蟹類與「鋸蛇蜻蜓」這種噁心的飛蟲，兩者都沒有什麼太煩人的特殊攻擊。但是能力值卻算高，等級還是個位數的話應該會是強敵，但是16級的我與15級的愛麗絲，以及回過神來才發現已經是5級的小黑則很輕鬆就能把牠們打倒。前天夜裡出現的摩庫立小隊，還有昨夜發動襲擊的修魯茲的聯合部隊肯定都有經過這條河川。

這也就表示，如果有新的敵人以我們的城鎮為目標，有可能會正面跟他們碰個正著。因此暫時無法使用火把，只能倚靠夜空中的些許亮光，但是跟下雨的現實世界不同，月亮正發出皓皓光芒，所以總算能夠奔跑。

為了同時提升夜視技能而一邊凝眼盯著前方黑暗一邊往前邁進三十多分鐘。前方終於可以看見森林的出口，於是我便放慢了速度。

迫近河岸的蒼鬱樹木逐漸變得稀疏，接著變成低矮灌木，到最後灌木也消失不見。出現在前方的是一整片宛如非洲熱帶草原般的大草原——是巨大基幽魯平原的東側邊緣。河川就這樣往南邊流去，適合奔跑的沙地也跟著消失，右岸與左岸都變成陡峭的懸崖。接下來只能從草原上前進了。

「……如果有船的話……」

邊餵小黑吃野牛肉乾邊這麼抱怨後，愛麗絲就輕輕歪著頭說：

「那就做一艘啊？」

「咦，妳說船嗎？」

「豪華的帆船當然是不可能，但圓木舟的話……」

「…………確實如此。」

我輕輕點頭。根據克萊因他們所說，目的地的斯提斯遺跡似乎是在一路從這條河南下的前方。光靠圓木舟的話很難逆流前進，但只是順流而下的話——

打開環狀選單，起動初級木匠技能的製作選單。把【劣質小木屋】與【劣質石牆】等房屋相關選項往下捲動，最後……

「有……有了。」

在幾乎是選單的最尾端發現【劣質大型圓木舟】後隨即打了一個響指。而且顯示在名稱右側的圖標是雙重四角形符號。如果這是榔頭圖案的話，就必須動手來刨圓木，但帶有雙重四角形的道具是只要擁有素材，就能從選單按個按鍵就完成。雖然下面還有【劣質小型圓木舟】的選項，但它似乎是兩人乘坐的船。考慮到小黑也要上船，就需要製造大型的才夠用。

「我看看，大型圓木舟的素材是……『製材過的粗大圓木』一根、『製材過的圓木』兩根、『細繩』十條、『鐵釘』二十根、『亞麻仁油』兩瓶嗎？」

「想不到需要這麼多東西……」

「那是當然啦，不可能挖開一根圓木就能製作了吧。」

我一邊這麼回答，一邊一個一個觸碰列出來的素材道具名稱。Unital ring的ＵＩ相當完善，擊點就會出現說明文以及現在的所持數量。

「雖然沒有圓木，但是砍伐附近的樹木就可以了吧。細繩的數量也不到一半，不過也能夠用草製作……嗚咿，鐵釘還欠三根。只有這個無法當場製作。」

要製作鐵釘必須先用高爐把鐵礦石熔成鑄塊，然後把鑄塊放在鐵鉆上以榔頭敲打。高爐、鐵鉆都只存在於圓木屋的庭院，現在也絕對不可能回到那裡去了。

「咕唔唔，都有三瓶亞麻仁油了……愛麗絲小姐，妳不會剛好有鐵釘吧……」

「請不要有所期待。」

如此回應之後，愛麗絲也打開環狀選單。移動到道具欄後迅速搜尋起來。

「……沒有呢……」

「我想也是……」

愛麗絲習得的生產技能是裁縫、陶工以及織工，它們全部跟鐵沒有關係。說起來鐵釘在這個時間點還是貴重物品，只有修繕圓木屋與製作水井時才會打造。

「沒辦法了，跑過草原吧。反正原本就打算這樣了。」

「說得也是。」

邊點頭邊準備關上視窗的愛麗絲，手指突然間停住了。

「不對……請等一下。我記得……昨天打倒的賊人，遺物裡面有……」

她的手指迅速閃動，然後順勢擊打按鍵。在視窗上方實體化的是——

「椅……椅子？」

那確實是一張小型的圓椅子。是椅面加了四根椅腳的簡單設計，同時還帶著特別古老的色澤。

「……來殺我們的傢伙，身上為什麼會帶著椅子……？」

「誰知道……可能是想在休息時間使用吧？」

「……嗯，總比坐在地上舒服啦。那麼……妳打算用椅子做什麼？」

「那還用說，當然是把它分解啊。」

聽她這麼一說，我就忍不住用右拳擊打左掌。圓椅的椅腳確實看起來全是用鐵釘釘在椅面上。回收這些釘子的話，就能湊齊圓木舟需要的素材了。

「但是，能夠毫髮無傷地回收釘子的機率不高喔。」

「所以請由具備木匠技能的你來分解，應該能稍微提升一些機率才對。」

「……確實如此。」

愛麗絲所說的確實沒有錯，雖然系統上的成功率會因為技能而上升，但是我對自己現實的幸運值實在沒信心。我一直偷偷地認為，出生時所賦予的幸運值，在跟亞絲娜一起從ＳＡＯ裡存活下來時就用光了。

當我快要說出「還是由愛麗絲妳來分解」之前，小黑就用頭摩蹭我的左腰。

「嘎嗚！」

像是斥責的吼叫聲讓我突然注意到一件事。昨天在快要凍死的狀況下還能夠順利馴服小黑就是萬中選一的幸運。以戰鬥力和出現頻率來看，背琉璃暗豹是相當稀有的怪物，沒有馴獸技能的我能夠順利馴養牠的機率可以說是趨近於零。

「……說得也是……我夠幸運了。」

我搔了一下小黑的脖子後，就用那隻手拿起圓椅。比想像中還重的重量讓我吃了一驚，同時以右手擊點了一下後，就浮現【高級紅橡樹圓椅】的道具名。我不認為這是由昨天的襲擊者們所製作。如此一來，應該是在什麼地方撿到的吧。

一瞬間浮現損毀「高級」道具實在有點可惜的想法，但仔細一看就發現耐久度幾乎快耗盡了。認真修行木匠技能的話，將來應該可以製作高級家具才對，我這麼對自己說並從選單視窗按下分解鍵。

傳出「喀咚！」的破壞聲，圓椅就四分五裂並且消失。由於設定上是能回收的素材會直接進入道具欄，於是我便戰戰兢兢地打開視窗。以入手順序為排序的道具欄，最上方顯示著【高級鐵釘】……三根。

「太棒了！」

「成功了呢！」

由於從旁邊窺看視窗的愛麗絲難得以滿臉笑容這麼大叫，我便先舉起雙手來。讓愣了一下的騎士大人做出同樣的動作後順勢跟她擊掌。在對方生氣前進衝進附近的森林，判斷應該不要緊了後隨即點亮火把。我舉著光源來物色適合的樹木。系統指定的素材是「製材過的粗大圓木」，所以必須砍倒比旋松還要大的樹木。

幸好在愛麗絲追上來之前的短暫時間裡，我就找到直徑一公尺左右的雄偉闊葉樹。擊點了一下光滑的樹皮，就隨著「咻哇」的聲音浮現小小視窗。【賽魯耶柚木的老樹】……感覺現實世界也有柚木這種樹木，不過賽魯耶到底是什麼，我歪著頭感到疑惑了一下才發現答案。

「啊……賽魯耶提利歐大森林的賽魯耶嗎……」

「好雄偉的樹木。」

愛麗絲那似乎不追究被迫與我擊掌的發言，讓我點點頭並且回答：

「說不定是很稀有的樹木。把地點記下來吧。」

「在地圖上做下標記不就可以了？」

「咦？」

想著「還能辦到這種事喔？」的我打開地圖視窗，然後長按著現在位置，結果出現並排著好幾種小型圖標的副視窗。於是先選擇樹木的圖案。地圖上方就隨著「波咯」的聲音出現立體圖標。

「喔喔……這真是方便。怎麼不早點告訴我呢。」

「我想只有你沒有注意到喔。」

「……抱歉。」

對自己的無能道歉並關閉視窗，然後準備拔出左腰的劍。但是……

「讓我來吧。因為我的劍比較重……拜託你照明了。」

「咦?要用劍伐木需要相當的訣竅喔。」

「不是說過了嗎，我在盧利特村曾經砍伐比這個還要大的樹來賺取生活費。」

「……噢，對喔。」

對如此呢喃的我露出短暫的微笑後，愛麗絲就用手勢示意我後退。我跟小黑一起退後，高舉起火把來注視著她。

騎士褪下斗篷的兜帽，仰望了一下賽魯耶柚木後，隨即前後打開雙腳。她以右手握住單手混種劍，接著流暢地拔劍。稍微沉下重心，毫不猶豫地發動劍技「平面斬」。

一瞬間，天然布料白裙加上粗獷鐵鎧打扮的愛麗絲，模樣跟黃金整合騎士重疊在一起。在暗夜裡拖著藍色閃光揮出的長劍，以完美角度捕捉到賽魯耶柚木的樹幹，發出「鏗!」的巨大清澈衝擊聲。華麗特效光線消失後，劍身已經陷入看來相當堅硬的樹幹達二十公分以上。

「哎呀……沒辦法一擊砍斷呢。」

「一擊能砍那麼深已經讓人嚇一大跳了……」

發出感嘆的呢喃之後，我便揚聲表示:

「愛麗絲，我去做繩子，樹木就拜託妳了!」

由於騎士豎起左手大拇指，我就把火把夾在附近的樹枝上固定住，朝附近的草堆蹲下。

五分鐘後，湊齊所有材料的我們回到河邊。

再次打開初級木匠技能選單，按下製作「劣質大型圓木舟」的按鍵。結果眼前的漆黑水面就出現一艘淡紫色透明小船。跟設置石牆時一樣，是殘像物體。

以右手移動殘像，離開河川的瞬間殘像就變成灰色。看來只能在水面上製作。移動到最靠近岸邊的地方後，我便用力握起手。

圓木舟的零件隨著熱鬧聲響從空中降下，在跟殘像重疊的位置實體化。發出啪嚓一聲漂浮在水面上的是長五公尺，寬九十公分左右的標準圓木舟。但不單純是把圓木挖空後的成品，從右側延伸出兩根支架與細長浮標，也就是裝了所謂的舷外浮材。加上浮標後目測船的寬度將近兩公尺。底板上準備了長長的船槳，船尾可以看見綁著船錨的繩子沒入水中。

「哦，很棒的船嘛。」

「一定是愛麗絲砍的木材很高級的緣故。」

如此回答完，我便跳上圓木舟。或許是舷外浮材的輔助吧，圓木舟比想像中更加安定。把火把插在準備好的插座上，然後把手借給愛麗絲來拉她上船，接著小黑也以輕盈的跳躍占據了船首。真不愧是「大型」，即使兩人一獸搭上來，將近五公尺的艇內也還很寬裕。

現在時刻是晚上八點。雖然製造圓木舟花了將近三十分鐘，但是跟從陸上一邊跟怪物戰鬥一邊移動比起來應該能縮短不少時間才對。

「好，出發嘍！」

拉起船錨並氣勢十足地如此宣告後，船首的小黑也雄赳赳地發出「嘎嚕嚕！」的吼叫聲。

我只花了兩三分鐘就學會如何用船槳操縱圓木舟了。這是因為操作方法跟在艾恩葛朗特第四層超級活躍的貢多拉完全相同。將船槳往前傾來划動就是前進，垂直豎起就是煞車，往後倒來划動就是後退。往右倒的話是左迴轉，往左倒則是右迴轉。由於目前是順流，所以輕輕划動船就像滑行一樣逐漸加速。一會兒後視界就出現【獲得駕船技能。熟練度上升為1。】的訊息，確認效果後似乎是轉彎速度加快以及降低翻覆的機率。

駕船本身是頗為有趣，但很可惜的是河川左右兩側全是突出的斷崖，就算扣掉現在是夜裡這個因素，景緻跟艾恩葛朗特第四層的美景還是無法比較。一邊懷念駕駛著塗成純白色的貢多拉「蒂爾妮爾號」跟亞絲娜一起在水路上東奔西跑的日子一邊操縱著船槳，結果坐在眼前座位板的愛麗絲就轉頭，把我從遙遠的記憶中拉了回來。

「那麼……神代博士找你有什麼事？」

「咦……？」

一瞬間疑惑了一下，才了解她指的是之前「高級蛋糕店」那件事。

「噢……那個嗎，凜子小姐也只是被人拜託傳達訊息給我而已。」

「果然嗎……我就在想是不是這樣了。」

一這麼呢喃完，愛麗絲就整個人轉身對著我。

「找你出去的是菊岡對吧？」

從這麼問道的口氣以及表情中得知，愛麗絲似乎對菊岡誠二郎沒有太好的印象。也難怪她會這樣，說起來愛麗絲應該幾乎沒有跟菊岡好好談過吧。

——那個大叔雖然很可疑，但還是有很不錯的地方喔。況且還會請吃蛋糕。

省略這樣的幫腔之後，我就反問愛麗絲。

「妳難道就是想問這件事才會跟過來嗎？」

「不只是這樣喔。那麼……菊岡說了什麼？」

一瞬間猶豫了一下，不過本來就打算今天夜裡要主動找她說明了。於是我稍微減緩圓木舟的速度，然後簡潔地宣布：

「好像有某個人入侵了Underworld。」

「…………！」

瞪大藍色眼睛之後，愛麗絲的身體稍微從座位板上浮了起來。

「入侵者……？是什麼人？」

「完全不清楚，說是沒有從現實世界調查的手段。」

聽見我這麼說的愛麗絲，就以半蹲的姿勢僵住好一陣子，然後才隨著嘆息聲重新坐好。

「……神代博士為什麼沒告訴我這件事呢？」

「那當然是因為一說出來，妳就會速攻自己一個人潛行到裡面了。」

「我最近才知道，你們使用的『速攻』這個詞不是『全速攻擊』的意思。」

看來她似乎稍微冷靜下來了，愛麗絲說完這樣的吐嘈之後才輕輕點頭同意。

「這我確實無法否定。看來我是比自己想像中更加容易衝動行事的人。」

——至今為止都沒發現嗎？

我當然沒有把這句話說出口，只是對騎士點頭表示：

「我也同樣坐立難安。但是，在沒有對策的情況下，絕對無法從那個廣大的Underworld找出一個人來。」

「那麼就要丟著不管嗎？」

「怎麼可能。菊岡把我找去，就是為了請我潛行到Underworld。」

「……！你要去的話那我也……」

我以左手擋下了再次準備站起身的愛麗絲。

「當然會找愛麗絲同行。對方答應這個條件我才說ＯＫ的。請不要責怪隱瞞出現入侵者這件事的神代博士……那個人最重視的是我跟妳的安全。」

「……我知道。凜子是我在現實世界最信任的人之一。」

「咦……那我也在名單裡嗎？」

「因為你會問這種事情，所以信任度降低了。」

以受不了的表情這麼說完，愛麗絲像突然注意到什麼般加了一句話。

「……對菊岡要求的同行者只有我一個人嗎？」

「不……嗯，那個……還有亞絲娜。」

「我就覺得是這樣。」

雖然試著從愛麗絲點頭的側臉讀取她的心情，但是我根本不具備這樣的技能。

圓木舟在對話當中依然於漆黑河面上前進，從森林裡的城鎮出發後的總移動距離馬上超過十五公里。由於距離目的地的斯提斯遺跡路程似乎是三十公里，繼續這樣沒有遇見任何麻煩的話，再三十分鐘左右就能抵達了。

出發前喝了大量的水，而且也吃了食物，但回過神來才發現ＴＰ條已經減少了將近一半。不過乘船期間至少不用擔心陷入飲水不足的狀態。從道具欄裡拿出素燒杯子來掬起河水，然後跟愛麗絲輪流喝了起來。因為是夜裡而無法檢查水的透明度，雖說多少令人覺得不安，但是味道沒有異常，小黑也沒有露出厭惡的模樣直接喝著河水，所以應該不會生病吧。

河川似乎慢慢變寬，但左右兩邊依然是陡峭的懸崖，看著單調的光景讓人產生睡意。但是當我眼睛快要閉上時，就有水蠆以及田螺般怪物趁機跳進船裡來演變成戰鬥，所以沒有發生疲勞駕駛的事故，持續負起舵手的任務。

打開著的地圖有絕大部分被顯示未曾到過區域的灰色吞沒，只有一條藍色直線穿越其中心。駕船技能的熟練度也一瞬間上升到5，正當內心想著「或許轉職成船員也不錯……」的時候——

「桐人……沒聽見什麼聲音嗎？」

依然望著前方的愛麗絲這麼說道，占據船首的小黑也同時豎起長尾巴並發出「咕嚕嚕嚕……」的低吼。

敵人？難道是出現練功區魔王了？

我打起精神並豎起耳朵。感覺可以聽見細微的重低音。彷彿是超巨大野獸發出吼叫般——不對，如果是叫聲也太單調了。是「轟隆」的單調聲響。只有音量逐漸變大。

「桐人，快停船！」

愛麗絲這麼大叫之後，我也注意到了。雖然靠火把與月亮的亮光無法看得清楚，但前方的河面似乎突然消失了。

「……是……是瀑布————！」

我一邊大叫一邊全力把船槳往後倒，但是原本全速突進的圓木舟無法輕易停下來。瞬間就變得震耳欲聾的巨響，把我和愛麗絲的叫聲掩蓋過去。

突然間，身體輕輕飄起的感覺降臨。

不對，實際上是浮起來了。從瀑布往下流處飛出去的圓木舟正在空中飛翔。

「喔哇————！」

「呀啊啊啊啊！」

這兩種悲鳴跟小黑的「啊哦～～～嗯」遠吠重疊在一起。

4

「既然是河川，出現瀑布也無可厚非……」

不斷從全身滴下水滴的我一這麼呢喃，身邊的愛麗絲也無力地回應：

「真希望你能早個五分鐘注意到。」

「哎，就算注意到，左右兩邊都是懸崖，就只有衝下瀑布或是逆流而上兩個選擇……」

「仔細找的話總會有可以上岸的地方吧。」

小黑發出「嘎嗚」一聲來同意愛麗絲的指謫，接著用力甩動全身來甩開水滴。這些水滴幾乎都潑到我身上，不過也只是讓落湯雞變得更濕一點罷了。

「……不過沒有變成慘劇算是不錯了。沒有人溺水，圓木舟雖然翻覆但是沒有損壞。」

「那座瀑布落差有三十梅爾，所以這一切都是奇蹟。要好好感謝史提西亞神才行。」

「好的……」

嘴裡雖然這麼回答，但這實在有點難做到。因為對我來說，Underworld的創世神史提西亞，現在已經變成跟亞絲娜是同一人物了。愛麗絲似乎自然地將從以前就一直信仰的史提西亞神跟超級帳號01史提西亞做出區別，但我只要閉上眼睛，腦袋裡無論如何都會出現亞絲娜的臉龐。

我先在心中對亞絲娜版本的史提西亞神道謝，接著確認狀況。

連同圓木舟掉下瀑布潭的我、愛麗絲以及小黑，抓著翻覆的舟被沖走數百公尺，不過總算還是爬上了岸。這是因為瀑布下流的河邊變成淺灘才能夠辦到，如果還是懸崖可能就得一路漂到河口了。不過也要這片陸地的周圍有海洋就是了。

爬上岸的地點跟本來的上陸地點沒有相差太遠已經是不幸中的大幸。目的地的斯提斯遺跡——應該是在目前位置往西南移動五公里左右的地方。月光照耀下的練功區，是讓人想起艾恩葛朗特第一層起始的城鎮周圍的平坦草原，只要衝刺的話不用十五分鐘就能抵達了吧。預測抵達的時間是晚上八點四十五分。原本預定的時間是九點，遇見什麼麻煩的話是九點半，所以託圓木舟的福已經縮短不少時間了。

我和愛麗絲兩個人辛苦地再次把這艘圓木舟翻過來，以船錨固定在背後的河畔。由於無法裝進道具欄，只能讓它就這麼浮著。可以的話歸途時也想使用，但無論怎麼想都無法用這艘圓木舟爬上那座瀑布。

或許是想到同樣的事情吧，愛麗絲稍微回過頭來對我說：

「……真不行的話，就只能再次把它變回素材了。」

「說得也是……但是，作為船身的賽魯耶柚木應該無法回收吧。」

「因為已經挖空了……我可以再砍喔，反正也為了能再次砍伐而標記地點了。」

嘴裡雖然這麼說，但愛麗絲內心其實不想把它弄壞吧。跟蒂爾妮爾號不同，雖然還沒有幫它取名字，但是船依舊是比一般道具更讓人投入感情。

「試著想想看有沒有什麼其他的好辦法……我們先出發吧。」

在談話期間裝備也已經變乾了所以我便這麼說，而愛麗絲也輕輕點頭同意。

出現在草原裡的兔子與蝸牛怪物跟大森林裡的比起來明顯較弱。幾乎只要用基本劍技就能一擊打倒所以很輕鬆，但也因此無法獲得太多經驗值，掉的寶物也沒什麼大不了。

但是積少還是能成多，在奔跑期間兩人一獸都各自提升了1級，我是17、愛麗絲16，小黑則是6級。這下子能力點數就累積了6點，決定使用1點的我便打開能力取得視窗。

我現在從「剛力」技能樹將「剛力」提升到第8級，其上位的「碎骨」則是取得第1級。要將第2階的「碎骨」提升到第2級需要2點，於是我的作戰是先把「剛力」提升到第10級。按下取得鍵後，我就看向在旁邊奔跑的愛麗絲。

「話說回來，妳取得什麼能力？」

「『剛力』第1級、『碎骨』第1級、『亂擊』第1級，然後『碎鐵』第2級。」

「碎……『碎鐵』？」

想著「有這種能力嗎」的我皺起眉頭後才終於注意到。

「咦……那難道是4階？第2級就表示妳用了8點嗎？」

瞥了一眼驚訝不已的我後，愛麗絲就平靜地回答：

「因為我喜歡它的效果。」

「什……什麼樣的效果？」

「『增加攻擊時對敵人武器・裝甲等的損傷』。不論是盾牌還是鎧甲，一擊就能將其擊碎才是整合騎士的劍。」

「……原來如此……」

回想起在中央聖堂第八十樓的「雲上庭園」裡，整合騎士愛麗絲・辛賽西斯・薩提交手過程的我點了點頭。以連擊劍技擾亂對方的話就有勝機，原本抱持這種想法的我，根本無法承受愛麗絲以神器金木樨之劍所揮出的沉重一擊，一瞬間就被逼到牆邊了。

身為一個遊戲玩家，很想跟她說「在低等級時就勉強取得高級能力的效率很差喔……」，但這也是我的自以為是罷了。即使Unital ring並非一般的遊戲，但終究還是一款遊戲。遵照內心的聲音來培育角色才是最棒的選擇。

「那麼重武裝的敵人出現時就拜託妳了。」

「相對地史萊姆系或者蟲系出現的話就交給你了。好一陣子不想再對付黏呼呼和蠕動的傢伙了。」

「是是是。」

想著「究竟狩獵了幾隻四眼大窩蟲」並點點頭後，我就按下「剛力」的取得鍵。

之後也沒有遇見太過棘手的怪物，不過因為預料之外的理由而繞道好幾次。隨著靠近目的地，單手拿著火把在提升等級的玩家集團也開始變多了。以目前的狀況來看，跑到他們附近的話很可能會被誤認為ＰＫ。

熄滅火把，注意著不碰到其他玩家並往西南方前進，在越過小小山丘的瞬間，那個就突然出現在眼前。

平坦的草原上聳立著一座宛如小山般的巨大堡壘城市。緩緩彎曲的城牆層層相疊，形成陀螺翻轉過來一般的圓錐形。月光照耀下的都市，直徑是一公里，高度應該有兩百公尺左右吧。光看規模的話比起始的城鎮還要大。

但是仔細一看之後，城壁上有許多誇張的崩塌，而且幾乎看不見照明。中心部好不容易放射出些許橘色光芒，不過整體給人的印象與其說是城鎮，倒不如說是迷宮。

「……那就是斯提斯遺跡嗎？」

在山丘頂端停下腳步並如此呢喃完，愛麗絲就用指尖抬起兜帽的邊緣，同時開口表示：

「那面牆壁不像是自然崩塌，簡直就像發生過大戰一樣。」

「聽妳這麼一說……正中央確實開了一個大洞。但是厚度看起來有兩公尺左右喔，不用大砲的話應該辦不到吧？」

「那可能是用了吧？或者是同等威力的神聖術……不對，是魔法嗎？」

聽她這麼一說，就想起這個世界有燧發式毛瑟槍存在，所以具備被認為是同等級技術的前膛式滑腔砲也不奇怪。遙遠的過去，來自某個勢力的軍隊在草原上排著大砲，對那座城市發動了砲擊嗎？或者是如同愛麗絲所說的，是魔法造成的破壞……？

「那麼……要在那座遺跡的什麼地方碰面呢？」

「啊，對喔。」

想起遠路迢迢來到這裡的目的，我便將視線往右邊移動。

「嗯……九點在遺跡正北方五百公尺的一顆大柳樹下。」

「只剩下五分鐘而已了。」

「來不及的話就從現實世界聯絡對方，不過看起來應該趕得上。小黑，你肚子餓不餓？」

雖然不清楚牠能聽懂幾成我說的話，但是很守規矩地坐在地上的黑豹輕叫了一聲「嘎嗚」並起身子。

原本以為在這樣的黑暗中要找到目標的柳樹會很困難，不過從山丘上找到大致上的方向並且往南南西方跑去，就看見前方出現類似的剪影。下垂的長葉子隨著夜風擺動的樣子絕對是柳樹不會錯了。看起來實在很像妖怪，不對，是幽靈型怪物會出現的地點，但是又想對方應該不會選這種地方作為碰面的標的，然後筆直地往該處靠近。

「喂～亞魯戈，妳在嗎～」

我壓低聲音這麼叫著，來到樹節隆起的古樹附近時——

愛麗絲就大叫了一聲：「桐人！」

小黑則發出「咕嚕嚕」的低吼……

一道「嗶哦哦哦哦哦！」的怪聲響徹現場。我反射性握住劍柄來環視著周圍。巨大柳樹根部可以看見像是半毀的老舊石頭墓碑，然後墓碑似乎正發出微弱光芒……剛剛這麼想的瞬間，就從地面迅速湧出一道蒼白的影子。身穿破破爛爛的古老禮服，披著足以掩蓋臉龐的長髮，筆直往前伸的手臂宛如枯枝一般。而且全部都是清澈透明。

「……真的有妖怪啊！」

我大叫並且拔劍。愛麗絲也以混種劍擺出戰鬥姿勢，小黑則進入跳躍狀態。

「嗶唷哦哦哦哦哦！」

再次大叫的妖怪，從簾子般劉海後面的雙眼發出藍白色光芒來盯著我看。才剛剛被當成攻擊目標，怪物頭上就出現紅色紡錘浮標。顯示在ＨＰ條下方的名字是【溫基夫魯雷伊斯】。英文拼音的話應該是「Vengeful wraith」。

我在腦袋裡呢喃著「是英文名嗎」。至今為止遭遇的怪物裡面，名字並非日文的就只有在基幽魯平原的牆壁迷宮裡戰鬥過的吐火青蛙Goliath rana而已。如果魔王級怪物使用英文名稱是一種法則的話，那麼這個Vengeful wraith就不容小覷。

這場充滿緊張感的互瞪是由幽靈主動結束。

「嗶唷！」

一這麼叫完，就像滑行般從空中往左移動，突然朝我衝了過來。長了長長指甲的右手往我的脖子揮落。

我反射性舉起長劍並全力往後跳。之所以會加了一道保險，是因為沒有能成功格擋的確信。不祥的預感成真，幽靈的右手碰到我的劍後雖然一瞬間減速，但是隨即產生煙一般的特效並且穿透過去。

「咕喔……」

我在空中拚命地後仰上身。尖銳鉤爪撕裂距離喉嚨三公分左右的地方，在空中留下五條藍白色軌跡。

才剛著地，發動反擊的我立刻使出刺擊。「高級鐵製長劍」的劍尖準確地捕捉到幽靈的側腹，但這次只是「啵呼」一聲冒出煙來，沒有什麼砍中敵人的感覺。對方的ＨＰ條也只減少一丁點。

「愛麗絲，物理攻擊對這傢伙幾乎沒用！」

我再次退後並且這麼叫道，結果就聽見「幽靈基本上都是這樣吧！」的回答。由於Underworld應該沒有出現幽靈類的怪物——雖然曾經遭遇過一次生靈般的東西——這應該是從ALO學來的知識吧。希望不是現實世界就好。

面對物理攻擊效果薄弱的幽靈系怪物主要有兩種應對方法。不是使用火屬性或者光屬性的魔法，就是以輔助魔法來對武器附加屬性。但是現在兩者皆不可能，如果是祕藏的斷鋼聖劍的話，就有不附加任何屬性也能一劍直接讓它成佛的自信，只不過以現在的能力值根本無法把劍舉起來。

「嗶唷哦哦哦嗚……」

像是要嘲笑拚命思考的我一樣，幽靈扭曲著大大裂開的嘴巴。

看見這一幕的瞬間，我突然想起一種可能性。

約好在柳樹下碰面的對象老鼠亞魯戈怎麼了？周圍看不到她的身影。就算亞魯戈再敏捷，剛轉移到此在等級1的情況下被這個棘手的幽靈襲擊的話根本束手無策吧。難道在我們抵達之前亞魯戈就死在這裡，然後被永遠逐出Unital ring世界了……？

最糟糕的想像讓我的身體不由得緊繃，而幽靈則沒有放過這個空檔。

「嗶唷啊！」

突然腰部以下全沉入地面，以這種狀態朝我衝過來。來不及應對這出乎意料的動作，好不容易才交叉劍與左臂來擺出防禦姿勢，但是從地面彈起來的鉤爪攻擊直接穿透鐵製劍身與護手，深深地撕裂了我的下臂。

麻痺般的衝擊與強烈的冰冷感。ＨＰ條消失一成以上，而且還亮起冰晶圖樣的異常狀態圖標。這是在基幽魯平原被冰風暴襲擊時也看見過的寒氣持續傷害。

「可惡……」

當我這麼咒罵時，背後的愛麗絲就全力把我的肩膀往後拉。和腳步踉蹌的我換位來到前方之後……

「呀啊！」

兩手拿著的混種劍就隨著尖銳喊叫聲一閃而過。

讓人聯想到整合騎士時代那種加上體重的凌厲水平斬。比我的單手劍長了大約五公分以上的劍身漂亮地擊中幽靈的胴體，但果然還是只有白煙飛濺，敵人的ＨＰ沒有太大的損傷。

接著小黑也朝幽靈撲去。以巨大的尖牙深深咬碎它的肩口。肉身的攻擊或許比鐵劍還有效果吧，這次對方的ＨＰ條減少了三％左右，但幽靈也不可能坐以待斃。

「嗶唷哦哦哦！」

隨著憤怒的咆哮，兩手的爪子刺中小黑的背部。

「呀嗯！」

發出悲鳴的小黑，一邊灑下鮮紅傷害特效光一邊往後飛退。ＨＰ減少一成以上，而且也中了寒冷異常狀態。

我忍受著凍到骨裡的寒冷來移動，接著以左手抱住蹲下來的小黑背部。原本認為自己沒有馴獸師的資質，小黑也是昨天在情勢發展下剛剛馴服的寵物，但想到可能會在此失去牠，就感覺到足以讓雙腳發抖的恐懼。

這樣下去沒有勝機。應該先行撤退嗎？但是有辦法從能夠在空中快速移動的幽靈手中逃走嗎？

說起來，在距離起始地點只有五百公尺的地方出現如此強力的怪物真的沒問題嗎？17級與16級的前衛職加上適合戰鬥的寵物都如此狼狽了，才剛離開城鎮的玩家應該連逃走都辦不到吧。這個幽靈到底是在什麼樣的意圖下配置在此地……

當我在無法決定續戰還是撤退的情況下進行著斷片式思考時——

「桐仔，火對那個傢伙有效喲！」

突然從背後傳來這樣的聲音。同時某種發光物體朝我飛過來。是火圈——不對，是旋轉的火把。好不容易才用左手接住噴灑著火屑的火把並且大叫：

「愛麗絲，幫忙撐五秒！」

「我可以撐十秒！」

我聽著可靠的回答，同時把劍放在地上然後全速打開選單。將到道具欄裡僅存的一瓶亞麻仁油實體化，以拇指彈飛瓶蓋，接著把內容物全倒在劍上。讓劍身正反兩面都確實沾了油後，我便丟掉瓶子站了起來。

剛好愛麗絲正以混種劍對著幽靈橫掃出去。雖然敵人還是沒有減少太多ＨＰ，但是之前都直接穿透過去的幽靈這次稍微被往後彈飛了。仔細一看之下，愛麗絲是直握著劍，用劍身來毆打對方。

感到佩服的我想著「原來如此」同時再次做出指示。

「愛麗絲，切換！」

取代立刻往後跳的騎士，我將右手的劍靠近左手的火把。油點燃後發出「轟！」一聲，劍身隨即包裹在熊熊火焰底下。這是讓劍帶有火屬性最簡單的手段，但是跟利用魔法的屬性附加比起來，除了效果時間很短之外，粗暴地揮劍也可能讓火焰因此熄滅。

「嗶唷嗚嗚嗚！」

在左手火把與右手的劍照耀下，Vengeful wraith舉起雙手來往後退。我當然不可能錯過這個機會。在腦袋裡大叫「別熄滅啊！」，同時把臨時製作出來的火焰劍舉到上段。火焰的紅色與特效光的黃綠色混雜在一起。

「嗚！」

短短呼出一口氣後跳了起來。發動劍技「音速衝擊」，我隨即撕裂黑暗往前突進。

「嗶唷哦！」

幽靈伸出右手。帶有複雜圖樣的圓形出現，從它的五隻手指射出帶有藍白色光芒的針。

魔法攻擊……但是這時候隨便防禦的話劍技將會失敗。我相信莉茲貝特鍛造的鎧甲具備的防禦力，無視飛針繼續往前衝。

「嗚啦啊！」

感覺三根飛針擊中身體各處的衝擊，同一時間將劍揮落。火焰劍撐過用腳往後踢來增快速度的音速衝擊，從幽靈的左肩口一路砍至右側腹，把靈體切成了兩半。

「嗶啊啊啊啊！」

幽靈從後仰的上半身發出刺耳的悲鳴。HP開始減少，至今為止的頑強度像是在騙人一樣，一瞬間剩下不到一半，接著是四成……三成……直到剩下兩成五才停止減少。

變成兩半的幽靈，從上下的切斷面冒出黏液般的白煙來準備接合身體。雖然想著「繼續追擊……」，但是劍身火焰即將消失的我因為劍技的技後僵硬而無法動彈。

這時某個人從我左手搶走火把，將其戳進幽靈即將合起的身體縫隙中。下一刻，上半身與下半身就黏起來了。但是被埋進胴體的火焰沒有消失，反而燒得更加旺盛，在幽靈的內部旋轉肆虐著。

「嗶唷哦哦哦哦哦哦──────」

後仰到極限的幽靈發出的尖銳吼叫聲變成紅色火焰。它的雙眼也噴出火來。HP再次開始減少，這次確實歸零了。

白色靈界物質與紅色火焰畫出大理石花紋並且膨脹，最後引起足以讓地面震動的爆炸。這超級誇張的消滅特效，讓人知道它果然不是雜兵怪物。我的腦袋裡瞬間閃過「所以說為什麼在這種地方配置魔王！」的疑問。幽靈爆炸的地點殘留著小小的淺藍色光芒。光芒輕飄飄地開始上升，朝柳樹的枝葉附近飛去。

「啊，等一下！」

一這麼叫完，我就活用雙手雙腳爬上滿是樹結的粗大樹幹。來到雙岔的地方時，就以後仰的姿勢全力跳躍。伸到極限的指尖好不容易才碰到水藍色光芒。看著光芒像泡泡一樣膨脹並且破裂，才往後空翻兩圈降落到地上。

呼一聲鬆了一口氣後，才轉向以火把給Vengeful wraith最後一擊的玩家。

土黃色的簡樸皮鎧、左腰上掛著小型短刀。亂翹的暗黃色短髮以及圓滾滾的金褐色眼珠。

「喂，亞魯……」

但是我的呼喚不得不中斷。因為嬌小的虛擬角色不斷被從腳邊冒出的藍色光環——升級特效給包圍。三次、四次，目前仍在繼續。五次、六次……七次結束後才終於不再出現光環。

「哎呀～撿尾刀結果升到第8級嗎？真是不好意思呢～」

「沒什麼不好意思的吧，因為妳精彩的助攻確實有這種價值……不對……」

我往後瞄了一眼，確定愛麗絲跟小黑平安無事並繼續說道：

「亞魯戈，妳為什麼指定這麼危險的地方碰面？我還以為妳一定被那個幽靈給殺掉了。」

「我還覺得是為了殺掉我們的陷阱呢。」

靠過來的愛麗絲一這麼說，亞魯戈就露出大大的苦笑。

「嗯，也難怪妳會產生這種誤會啦。」

她輕輕往前走出一步，然後往上看著比自己高出半個頭左右的愛麗絲。

這時候我才終於發現，亞魯戈的虛擬角色容貌比現實世界的她還稚嫩一些。但是感受到的懷念感卻蓋過不對勁的感覺。因為這個虛擬角色正是ＳＡＯ時代的亞魯戈。

但是昨天亞魯戈確實說過——

「咦，妳不是說沒有把ＳＡＯ的角色轉移到ＡＬＯ嗎？」

「嗯嗯，是說過喲。和克里斯海特見面時用的是新創的角色。雖然也可以用那個帳號來這裡……但是既然要再次跟桐仔還有小亞一起冒險，就覺得果然還是用這個角色。」

「這麼說來，妳是今天首次把ＳＡＯ角色轉移到ＡＬＯ，然後用它登入的嗎……？妳選了哪個精靈的種族？」

仔細檢查她的頭部與肌膚並且這麼問完，亞魯戈就繃起臉來說了句「別一直盯著看啦」，然後才回答：

「沒有選種族的地方喲。想進入ＡＬＯ時立刻就被傳送到這個世界，一張開眼睛就是這副模樣嘍。」

「這樣啊……那麼說亞魯戈是人類，不對，也就是說依然是艾恩葛朗特的人族嗎……不過，ＡＬＯ的營運企業（YMIR）在這種狀況下應該是手忙腳亂才對。真虧他們能夠立刻就處理檔案轉移耶。」

「這個嘛，在ＹＭＩＲ網站的申請表格裡填上ＳＡＯ的ＩＤ跟密碼，按下傳送鍵後一瞬間就收到新ＩＤ了耶。那不是人力處理的速度喲。」

「這樣啊……之前是用人力處理的，什麼時候自動化了嗎……」

歪了一下頭後，認為沒什麼大不了的我就聳了聳肩。

「對了，還沒回答一開始的問題喔。」

「啊～選這裡作為碰面地點的理由嗎？」

稍微往上瞄了巨大柳樹一眼，然後亞魯戈便繃起臉來表示：

「這件事情我稍微偷懶了。我提過的Unital ring攻略小隊之一所製作的Wiki裡放了這附近的地圖，地圖上記載了這棵柳樹。還親切地加了『周圍不會湧出怪物所以很安全』的標示。」

「啥？哪裡安全了……低等級的玩家靠近的話一擊就會死亡嘍。」

愛麗絲用力點頭來同意我說的話，小黑也發出「嘎嗚」的吼聲。

亞魯戈一看見坐在愛麗絲身邊的小黑，就對著我問：「好帥氣的黑豹。是誰的寵物？」

「是我的喔。倒是妳這傢伙明明是老鼠卻討厭狗，貓就沒問題嗎？」

「虧你記得這麼清楚。話先說在前面，狗也會抓老鼠喲。甚至還有特里爾犬這種獵鼠專用的犬種。」

「這樣啊……不對，重點是剛才的幽靈啦。是亞魯戈看到的攻略Wiki情報有錯誤嗎？」

「好像不是這樣。你看這個。」

亞魯戈打開環狀選單，然後移動到任務視窗。該處很快地已經登錄了三個任務。標題各自是【兔子的護身符：建議等級1】、【下水道的失物：建議等級3】、【古代的怨靈：建議等級20】——

「啊，是這個嗎？剛才的幽靈是任務魔王？」

「好像是這樣喲。接受這個任務，不滿足條件的話就不會出現。」

「但我跟桐人都沒有接受這個任務喔。」

我點頭同意愛麗絲指出的重點。為了慎重起見也打開自己的任務視窗，當然依舊是空白狀態。

兩人看向亞魯戈後，情報販子就以更加愧疚的表情說：

「大概算是組合技吧。」

「啥……？」

「我在約好碰面的九點前十分鐘就先來到這裡了。結果柳樹根部的那座墳墓開始發光……」

亞魯戈所指的前方，月光正照耀著一座長滿青苔的小墓碑。現在感覺不到任何異常，但是記得我們抵達時確實正發出淡淡光芒。

「……那時只有發光而沒有出現怪物，但我有極為不祥的預感。雖然想聯絡桐仔變更碰面地點，但總不能在這裡下線，所以就準備先回遺跡去。結果聽見後面傳來不妙的聲音，我才會又折回來。」

「哦哦……接受任務的亞魯戈啟動了墳墓，然後我們的出現滿足了幽靈出現的條件嗎？到底是什麼條件啊？」

「好像是將銀製道具實體化並且拿著。」

「啥？銀……？」

我關上視窗，檢查口袋以及包包裡為數不多的持有品。但是……

「……沒有那種東西啊。」

熔掉繼承至ＡＬＯ的愛劍黑色鞭痕時，確實得到了幾個「高級的銀鑄塊」，但已經全部交給莉茲貝特，就算帶在身邊也不會沒事將它實體化。

「啊……說不定是我。」

愛麗絲像是注意到什麼事情般在腰間的布包當中摸索著。

最後拿出來的是發出「鏘啦鏘啦」聲響的小小皮革袋子。打開袋口往內部望去，然後抓出一個小小圓盤。銀色的圓盤輕輕掉落在我的手掌上。

「銀幣……？」

雖然因為老舊而只有暗沉的光芒，但不可能是鋁或者鎳吧。直徑與厚度都跟百圓硬幣幾乎一樣。其中一面有１００的數字，另一面則是兩棵樹的浮雕。點了一下後就彈出【１００耶魯銀幣　硬幣　重量○・一】的屬性視窗。

「……一百耶魯……話說回來，我還是首次見到這個世界的硬幣……」

現在回想起來，至今為止打倒的怪物幾乎全是動物系，雖然掉落利牙與毛皮等素材，但是都沒有現金。我抬起臉，一邊把硬幣還給愛麗絲一邊問：

「這是從哪裡得到的？」

「離開桐人鎮之前，詩乃交給我的。如果斯提斯遺跡有NPC商店，然後又有賣毛瑟槍的子彈與火藥的話，她要我用這些錢來有多少買多少。」

「啊～原來如此……」

我們使用的劍只要磨一下就能回復耐久值，但詩乃的毛瑟槍只要子彈與火藥用光就無用武之地了。雖然給她槍的歐魯尼特族似乎教了製作子彈與火藥的方法，但是也說過其中一種素材只有基幽魯平原的深處才能採集到。詩乃的槍是珍貴的戰力，雖然想在殘彈數量令人擔心前先幫忙採集，不過如果能在店裡買的到的話就快多了——只是……

「嗯……感覺不像有賣子彈和火藥耶。」

亞魯戈聳肩並這麼表示。

「那座遺跡大部分是完全的廢墟而且也會出現怪物，不過只有正中央仍有城鎮的機能，也有幾間NPC商店喲。但是賣的只有簡單的道具與食物，還有就是初級的裝備。」

「咦……有吃的嗎？」

明明是因為浮現「差不多該回復SP才行」的擔心才會提出這個問題，亞魯戈卻像感到很

在我右側靜靜踩著優美步伐的小黑，從頭到尾巴末端的長度輕輕鬆鬆就超過兩公尺，真可以說是英姿煥發。本來就幾乎沒有帶著寵物的玩家了，這隻黑豹不可能不吸引眾人的目光。

「啊～說得也是……裡面有許多空著的廢屋，可以讓牠在那裡待機嗎？」

「嗯，也不是說不行啦……」

在我到學校去期間，小黑似乎不是跟阿蜥牠們玩就是在城裡巡邏，或者是睡午覺，總之就是過著自由的生活。由於跟飼主分離八個小時以上也沒有解除馴服狀態的樣子，所以讓牠待機個三十分鐘應該沒問題才對，但是在生疏——而且還有其他玩家到處晃的地點跟牠分開還是感到有點不安。

「那我和小黑在一起好了。」

由於左側的愛麗絲這麼說，我便把臉轉向那邊。

「咦，可以嗎？」

「我不喜歡混在人群當中。不過詩乃委託的東西就得交給你買了。」

我收下連同皮袋一起交過來的錢幣，把它收到自己的腰包內。

「這點小事當然沒問題……不過我覺得應該沒有賣子彈和火藥耶。」

「那也沒辦法。你千萬別中飽私囊拿去買吃的啊。」

「我又不是小孩子。」

才剛這麼抗議，亞魯戈就發出「咿嘻嘻」的笑聲。

把所有金屬防具收回道具欄，改以大大的粗布斗篷罩在衣服上方之後，外表就完全是「緩衝期間剛剛結束的低等級玩家」了。由於愛麗絲本來就一直罩著連帽斗篷，所以解除鎧甲也沒什麼變化。只有劍是收起來會覺得不安，所以就維持原狀，不過兩個人都用斗篷把它蓋住了。

「唉……我也想快點擁有那種連帽斗篷。臉龐整個外露就是會讓人感到心慌。」

當亞魯戈這麼說時，斯提斯遺跡的北門已經近在眼前了。周圍的地面是被踏硬了的土，幾乎看不到有植物生長。

「早點說啊。如果是能夠拔到許多草的地方，就能製作出這種布料了。」

「咦，它的素材是草嗎？」

「也不是所有的草都能做成布啦。」

「那你的就給我啊。」

「才……才不要哩。」

當我們發生這樣的爭執時，愛麗絲就打開環狀選單。

「我記得還有剩下來的布料，我來製作連帽斗篷吧。」

「咦，真的可以嗎，小愛愛？」

「喂，別隨便給人取綽號啊。」

「…………」

聽她這麼一說，便覺得這或許才是具備常識的對應。Unital ring事件算是千真萬確的「事故」——想到玩家們對各自的遊戲營運公司付出月費，就能知道這是犯法的異常事態，只有超級的樂觀主義者、利己主義者，或者遊戲中毒者才會相信難辨真偽的廣播以「極光指示之地」為目標。

也就是說，接下來要潛入的是聚集許多這種傢伙的會場。全是像摩庫立與修魯茲那樣，以一句話來表現就是「認真過頭的傢伙」。

走在往前一點處的愛麗絲、亞魯戈與小黑默默等著不知不覺停下腳步的我。

「啊……抱歉。」

小聲道歉後再次開始步行。

鑽過崩塌了一半的大門後，感覺體感溫度稍微下降。具備寬敞石頭地板的道路，在短短十公尺左右前方碰到新的牆壁，然後往左右兩邊分歧。

「這裡應該有適合的空屋。」

亞魯戈如此說著並且在前方帶路，我和愛麗絲、小黑則默默追了上去。

斯提斯遺跡內的房子是緊貼著層層相連的城牆內側建造。這種構造在採光上應該相當惡劣，但城鎮應該不是因為這種理由而滅亡才對。

建築物本身是讓人聯想到歐洲古都的石造雄偉公寓，但是卻都跟城牆一樣崩塌得極為嚴重。像這種廢屋，內部似乎會變成蟲系或者小動物系怪物的巢穴，所以便不靠近而繼續往前趕路。

亞魯戈帶領我們過去的房子，屋頂雖然開了一個大洞，但玄關門與樓梯都完好無缺，二樓還剩下一間可以用的房間。讓愛麗絲與小黑在此待機，我跟亞魯戈則朝著遺跡中心部出發。

我在錯綜複雜的通道左彎右拐之間完全失去方向感，但亞魯戈似乎有什麼特殊能力，毫不猶豫地持續快速往前走。靠體感感覺走了六七百公尺時，前方出現一條水路，該處似乎是某種境界線，提心吊膽地通過快崩塌的橋後，周圍的氣氛一瞬間改變了。

通道上等距離放置著鑄鐵製火把臺，橙色火焰正隨風搖晃著。繼續前進後通道左右開始零散地出現小規模攤販，NPC與玩家的身影也逐漸增加。Unital ring和SAO不同，只是凝視線的焦點不會出現浮標，但NPC具備生病般的蒼白肌膚而且服裝也是古代羅馬風的束腰外衣，所以能分辨得出來。攤販販賣的全是低等的素材道具，看不到子彈與火藥。

「……巴辛族明明很健康，這個城鎮的NPC怎麼臉色那麼差……」

忍不住這麼呢喃完，走在旁邊的亞魯戈就輕輕聳肩回答：

「住在這種地方的話，也難怪他們會變蒼白啦。」

「說起來人種原本就不一樣了。這裡的NPC是什麼族？」

「誰知道……即使跟他們搭話，也幾乎聽不懂NPC在說些什麼。大概只有商店的店長是例外吧。」

「啊，原來如此……」

關於這一點，巴辛族跟帕特魯族也是一樣。據詩乃表示，從語言能溝通的NPC那裡學會某個單字，然後重複那個字的發音似乎就能習得不同的語言技能。

雖然將來希望能夠懂得所有種族的語言，不過到底要花多少時間才能辦得到呢……邊這麼想邊走著的我，發現開始有些小規模的商店參雜在攤販之間。像是道具店、藥房以及武器店。

「可以去那間武器店看看嗎？」

「那邊我已經調查過了。不要說槍了，連子彈跟火藥都沒有喲。」

「……哎，我想也是。」

我做出看來還是得到基幽魯平原去尋找火藥材料的覺悟，然後繼續走著。小小商店街長五十公尺左右，接著前方可以看見相當宏偉的拱門。

鑽過拱門前方看來就是斯提斯遺跡的中心部了。

城寨與教堂等大型建築物包圍圓形廣場，正中央則是宛若羅馬競技場般的石造競技場坐鎮。並排著無數拱門的外牆果然毫不例外地有一半已經崩塌，不過從內部傳出有許多人聚集在一起的氣息。

「……聯合懇親會的會場是那裡嗎？」

「是那裡沒錯。」

點頭的亞魯戈把臉靠近我的耳朵，然後以最小的音量繼續表示：

「聽好了，要是被人問到加入哪支隊伍，就說是『廣播小姐粉絲俱樂部』喲。那邊是最鬆散的集團，成員的管理相當隨便，所以很難被識破。」

「這樣啊……為了慎重起見還是確認一下，廣播小姐是第一天緩衝期間結束時聽見的那道聲音的主人吧？就是說『將給予一切』的人。」

「我可沒聽過那道聲音喲。」

「啊，對喔……」

但是Unital ring裡傳出類似系統廣播的聲音就只有那一次而已，因此我的推測應該不會錯。雖說那確實是道相當有魅力的聲音。

「……光聽聲音就能創立粉絲俱樂部，看來是些瘋狂的傢伙。明明連聲音的主人是人類、神明還是惡魔，甚至是否具備人形都還不知道啊。」

「就是這樣才好呀。我不懂就是了。」

說完極其隨便的評論後，亞魯戈便快步走向競技場。

橫越磨損的石頭地板廣場來到正門。經過微暗的通道後不前往觀眾席而是直接到競技場。直徑五十公尺以上的空間裡，果然如亞魯戈的情報所顯示的聚集了將近一百名玩家。這些人幾乎都是布裝備，但也能見到穿著皮鎧與鎖子甲的人。從設計感來看，並非在這個世界製成的防具而是ＡＬＯ的繼承品吧。如果一百人是ＡＬＯ轉移組的頂級集團，那就表示尚未有人發展到鐵器文明。

競技場北側有一座石造舞臺，可以看到設置了許多的篝火。主辦人應該會從那邊登場吧。我和亞魯戈占據另一側的牆壁邊，等待著開始的時刻。幸好其他玩家們都專心跟伙伴交換情報，看起來沒有人注意我們。

「……亞魯戈，ＳＰ和ＴＰ沒問題吧？」

為了慎重起見確認了一下，結果情報販子就迅速將視線往左上移去。

「嗯……水的話我從附近的井裡面撈了一些帶在身邊，食物的話就有點缺了。」

「拿去吧。」

我從腰包裡拿出兩條野牛肉乾並且把一條交給亞魯戈。

「哎呀，謝謝啦。」

說完雖然接了過去，但是沒有放進嘴裡。

「唔，就算對象是桐仔，還是不習慣免費拿別人的東西。」

「快習慣吧。在意這種小小的人情根本無法成為伙伴喔。因為這個世界很容易就會因為口渴或者飢餓而死亡……得把水和食物當成公共財產喔。」

「伙伴嗎？嗚嘻嘻，總覺得很害尬。」

說出應該是把「害臊」和「尷尬」混雜在一起的詭異形容詞後，亞魯戈才終於咬下肉乾。我隨即跟著大口咬下。在基幽魯平原戰鬥過的野牛，肉的味道就跟我們熟悉的牛肉相近，跟尖刺洞熊的肉比起來雖然少了鄉野氣息，但是比較好入口。

表面上看不出來，實際上肚子似乎餓了的亞魯戈一瞬間就吃完肉乾，然後從腰間的布袋裡拿出細長的樹果。啵一聲拔出圓筒型的蒂並將其湊到嘴邊。看來裡面裝了液體——也就是水。

「……那……那是什麼？」

等她喝完就開口這麼詢問，結果亞魯戈再次用蒂塞住樹果並且回答：

「這座廣場稍微往南的地方有一口井，是井旁邊的樹長出的樹果喲。管理水井的ＮＰＣ給了每個玩家一個，用來作為水壺……容量很少就是了。」

「哦……嗯，要獲得裝水的容器確實不容易……」

感到佩服的我也從道具欄將亞絲娜製作的素燒水壺實體化，接著喝起水來。容量應該有樹果的三倍以上，但是很沉重而且容易破碎，所以無法一直放在腰包裡。將來想用皮革或者其他輕量又堅韌的素材製作水壺，但現在有太多更重要的事情了。

對著雙手劍使的拍手聲雖然比較少，但相對地傳出許多粗野的歡呼與叫囂聲。

「最後是『假想研究會』的隊長姆塔席娜！」

一瞬間出現「誰啊？」的困惑氛圍。但是也只持續到名為姆塔席娜的玩家把兜帽拿下來為止。黑色長髮輕飄飄地落下，雪白肌膚整個外露。即使在這種距離之下，也能從氣氛得知她應該相當漂亮。

參加者當中占了九成以上的男性們，發出至今為止最為盛大的拍手與歡呼、口哨聲。姆塔席娜相當親切地揮動雙手，而這也讓會場的氣氛更加沸騰。

騷動沉靜下來之後，霍格再次來到前方。

「今天就由我們幾個人來主持懇親會喲！很可惜的是，『Folks』小隊昨天晚上全滅了所以不克參加！」

下一個瞬間，競技場便籠罩在騷動當中。我也是首次聽見這個小隊名。忍不住就看向亞魯戈，但她只是轉動圓滾滾的眼珠什麼話都沒說。

會場各處都傳出要求說明的聲音，於是霍格就用有些猶豫的口氣回答：

「哎呀，我也不是很清楚。昨天傍晚『Folks』的成員還有幾名獲邀的玩家一起離開了遺跡，好像跟北方某個集團戰鬥然後落敗了。」

聽見這樣的說明後，附近的玩家們便開始竊竊私語。

「北邊的話，是巴辛族嗎？」

「那些傢伙很恐怖啊……緩衝期間時有些穿著繼承裝備帶著繼承技能的傢伙前去挑戰他們，結果全被打敗了。」

「Folks的那群傢伙名明明不可能不知道這件事，為什麼事到如今才做出那麼危險的賭注呢……」

當我豎起耳朵聽著這樣的對話時，某種不祥的預感就不斷從腦袋裡頭浮現，我硬是把它壓了下來並將視線移回舞臺上。往前踏出一步的霍格，身上鉚釘皮鎧的鉚釘在篝火火焰照耀下閃閃發亮，他隨即大叫著：

「總之呢！現在能確定的是這個Unital ring絕對不簡單！事件發生到今天晚上已經過了三天，YMIR卻完全沒有發表恢復的預計時間！如此一來，我們ALO組就率先前往那個『極光指示之地』，從內部解決事件吧！」

寬敞的競技場裡充滿「喔～！」「沒錯沒錯！」等氣勢十足的聲音。

我跟亞絲娜他們還有旁邊的亞魯戈也算是「ALO組」，所以目標也跟在場的玩家們一樣。我們沒有打算像首日戰鬥的摩庫立他們一樣偷跑，如果能跟這群人合作的話就應該這麼做。我的意圖是……如果能讓眾人認知在森林裡建造城鎮也是為了作為眾ALO玩家最初的中繼地點的話……說不定就能藉此阻止第三次的攻擊。

——如果能這樣就好了。

我就在抱持著即使壓抑也無法消失的不祥預感之下，等待著霍格新的發言。

會場的興奮情緒冷卻之後，高挑的單手劍使再次恢復開朗的模樣說道：

「今夜懇親會的主旨是加深同意互相協助的四支隊伍之間的感情以及情報交換！我們準備了食物跟飲料，大家就盡情地補充ＴＰ跟ＳＰ吧！當然食材只是兔肉、附近的草以及隨便找來的樹果而已！」

再次響起歡呼聲。從舞臺左右的通道搬來好幾台應該是以木匠技能來製造的木製餐車。霍格剛才貶低的食材經過確實的調理，從大鍋子與大盤子裡傳來辛香料充滿魅力的香氣。

「……是從哪裡獲得香料的呢？」

「市場的攤販好像就有在賣喲。」

亞魯戈的回答讓我決定回家時就去買。雖然現金只有從詩乃那裡獲得的錢幣，但是賣掉囤積在道具欄的素材道具的話多少能賺點錢吧。

除了這件事之外，眼前的料理當然也令人在意，但是身為潛入者還吃人家免費的食物實在是太厚臉皮了。總之想先掌握ＡＬＯ轉移組的「認真的傢伙們」所散發的氣氛與陣容，現在這樣應該感到滿足了。

「你不去吃嗎？」

由於亞魯戈嘻皮笑臉地這麼問道，我便繃著一張臉回答她：

「因為不想證明妳的『桐人在虛擬世界是個愛吃鬼假說』。趁眾人一陣騷動時趕快離開吧。」

「了解。嗯，在攤販買些吃的應該沒關係吧。小愛愛跟小黑黑的肚子應該也餓了吧。」

「那就這麼辦吧。」

當我斬斷依依不捨的心情，開始朝走進來的通道移動時。

腳底下的石頭地板突然發出藍紫色光芒。

「哦啊？」

「怎麼回事？」

我和亞魯戈同時忍不住大叫了起來。但是多達百人的驚呼聲把我們兩個的叫聲蓋了過去。看來這不是預定好的活動。

踮起腳尖來注視著地面，發現發光的並非鋪設的石頭，而是出現在上方的複雜圖紋。由無數的圓環與花紋、記號所組成的圖案，無論怎麼看都是——

「魔法陣……？」

我一邊這麼呢喃，一邊順著發光線條看向競技場中央。該處出現發出最強烈光芒的巨大徽章，那裡似乎就是魔法陣的中心。也就是說，直徑寬達五十公尺的圓形競技場，被同樣尺寸的魔法陣完全吞沒了。ALO的話是可以稱為「大魔法」，不對，是「極大魔法」的規模。

中央的徽章突然像生物一樣開始蠢動。只見它翻騰、起伏、旋轉並且隆起。轉眼升起高達十公尺以上的光柱，飄然散開後形成奇怪的剪影。

長了無數尖刺的細長頭部、糾纏在一起的長髮、有兩個手肘的四條手臂、瘦削女性型的上半身與觸手狀的下半身。

外型只能用邪神來形容的怪物高高舉起四條手臂，以非人類的語言大叫著。攤開的手掌產生藍黑色光球。

——魔法，什麼樣的，是誰發出，為什麼，又是從何而來？

火花般的思考不停閃爍。這無論怎麼看都是充滿惡意的魔法。攻擊施術者，讓魔法因此失效是最佳的對應方法，但在這種混雜的人群下不是那麼容易能辦到。

「桐仔，要逃嘍！」

亞魯戈大叫，接著開始朝北邊的出入口跑去。但是直覺讓我判斷已經來不及了，於是便抓住連帽斗篷的衣領把她推到自己身後。一拔出劍……

「快躲起來！」

如此叫著回答她的瞬間，就從邪神的手掌發射出大量光彈。

邊發出「嘰咿咿咿咿！」的刺耳聲音邊飛翔的光彈，在空氣中畫出複雜的軌道，不論是陷入恐慌狀態的玩家、呆立在現場的玩家還是試著要迴避的玩家都不斷被擊中。那是相當高度的自動導向性能。遭到擊中的人沒有立刻倒下的樣子，但是應該陷入某種異常狀態或者受到延遲傷害才對。

完全不想以自己的肉體來確認它的效果。我舉著愛劍，看準逼近的兩發光彈。這是無法迴避也無法用鎧甲防禦的攻擊。

但是如果這個世界的魔法在邏輯上跟ALO一樣的話，那就能夠應付。就用我在阿爾普海姆開發並且鍛鍊出來的系統外技能「魔法破壞」。

ALO的魔法——從施術者發射出來的光彈，原則上沒有實體。雖然無法用劍或者盾來防禦，但是魔法中心有僅僅一丁點的「擊中判定」，以物理以外的屬性攻擊準確擊中該處……有時候就能加以破壞。

Unital ring世界裡不知道為什麼存在來自ALO的劍技，不過尚未確認是不是追加了來自ALO的屬性傷害。但現在也只能相信自己了。

我凝視著從斜上方空中降下的光彈，並且準備發動二連擊劍技「圓弧斬」。但是……

光彈沒有畫出單純的拋物線，而是宛如蝴蝶球一樣呈不規則的搖晃。如此一來二連擊劍技要破壞兩顆光彈已經近乎不可能。應該放棄其中一顆，盡全力以單發劍技來破壞另一顆。

立刻做出這種判斷的我，把劍技切換成「音速衝擊」，瞄準其中一顆降下的光彈跳了起來。這個招式在ALO裡是在物理屬性上附加風屬性傷害。相信在Unital ring裡也有同樣的效果，對準光彈的中心一點——

「喔喔！」

隨著簡短的吼叫聲將其切斷。

感覺粉碎了極為細小又堅硬的顆粒。藍黑色光彈宛如高黏度的液體般飛濺開來。但是另一顆光彈則在空中以銳角轉彎後命中我的脖子附近。

非冷非熱的異樣感覺包裹住脖子附近。簡直就像透明的惡魔之手掐住我的脖子一樣。我咬緊牙根落地並轉過身子。

「亞魯戈，妳沒事吧？」

茫然呆立在牆邊的亞魯戈以瞪大的雙眼凝視了我一陣子後，才以細微的聲音回答：

「我是沒事……但是桐仔你……」

「之後再說吧，到隨時可以逃走的地方去！現在被施術者發現魔法破壞就糟糕了！」

「……………了解了。」

我和點頭的亞魯戈一起彎曲上半身小跑步移動著。在出入口旁邊停下腳步然後確認狀況。

這時聳立在競技場中央的邪神就像融化在夜間冰冷空氣當中一樣消失了。地面的魔法陣也一邊旋轉一邊縮小然後消滅。有的玩家茫然站在翻倒的餐車與散亂的食物之間，有的則是嚇得雙腳無力。

最後某個人開口說：

「你的脖子……」

在這個契機下，每個人都窺看著身邊玩家的下巴底下，並且開始撫摸自己的脖子。忍不住眺望站在最近處的男人脖子，發現上面似乎戴了某種黑色圓環——不對，不是這樣。是皮膚上直接被畫上圓環圖樣。

我反射性低頭看向自己的胸口，但是視界看不見脖子而且也沒有帶鏡子。望向亞魯戈後，發現她繃著臉對我回點了一下頭。看來我的脖子上也存在圓環了。但是目前ＨＰ、ＭＰ、ＴＰ和ＳＰ都沒有減少，虛擬角色也沒有感覺到異常。這種異常狀態的效果究竟為何呢？說起來，以現在這個時間點能使用的魔法來看，規模不會太大了嗎？

「妳這傢伙……到底想做什麼？」

突然間從舞臺的方向傳出這樣的叫聲。一看之下，霍格、迪柯斯、茲布羅等三個人都以出鞘的劍對著唯一的女性姆塔席娜。

「姆塔席娜，妳說過為了炒熱氣氛要施放超大的支援效果吧！但這怎麼看都是異常狀態啊！這種玩笑一點都不好笑喔！」

即使被霍格這麼指責，姆塔席娜也絲毫沒有露出害怕的模樣。隨興地把身體靠在不知何時握住的長杖上，以冷靜的聲音回答：

「當然不是在開玩笑喔。因為這全是早就預定好的事情。」

「妳說早就預定好……？那麼之所以答應要參加懇親會，是因為打從一開始就準備對我們施加剛才的魔法嘍？」

「我不是說過了嗎？不然還有什麼理由來參加這種毫無意義的聚會呢？」

這樣的說法讓會場的各處都發出憤怒的聲音。

「別開玩笑了！快點解開這種狗屁魔法！」

「妳認為能與一百人為敵嗎？」

像被這些怒罵聲從背後推動一般，霍格往前走出一步。

「聽見了吧，現在立刻解除異常狀態。不然就要用另一種方式來解除嘍。」

不用說也知道，「另一種方式」是殺掉施術者。在霍格的示意下，迪柯斯跟茲布羅從左右兩邊包夾姆塔席娜。競技場內的參加者們也擠到舞臺前面。

看見這一幕，我突然想起一件事。這個會場裡也有姆塔席娜擔任隊長的集團，我記得是叫……「假想研究會」的成員存在才對。她也對自己的伙伴施放了異常狀態？還是說，在魔法發動之前就讓自己的成員迴避了嗎……？

看來我的疑問是無法獲得解答了。姆塔席娜應該會在這個地方被殺死，留下巨大的謎題從

Unital ring世界退場。

「……這樣啊，那就別怪我們不客氣了！」

霍格大叫著並舉起單手劍。在完全相同的時機下，茲布羅的雙手劍與迪柯斯的彎刀也綻放出劍技的光芒。

姆塔席娜依舊恬然站著，然後高舉起右手的長杖——迅速將其插在地面。「喀啊啊啊——嗯！」的尖銳聲響傳遍整個空間的瞬間。

我突然就無法呼吸，整個人跪到地上。

有種氣管被黏著劑整個塞住的感覺。我用雙手按住脖子，拚命地想要呼吸，但是根本無法吸入與吐出空氣。陷入恐慌狀態的我看向前方，發現舞臺上的霍格等人以及競技場裡將近一百名的玩家全都蹲到了地上痛苦掙扎著。整個集團之所以發出朦朧藍光，是因為所有人脖子上的環都亮起了藍紫色光芒。恐怕我的脖子也是一樣。將視線移向HP條後，發現雖然沒有減少，但是右側亮起兩隻手掐住脖子的異常狀態圖標。

「桐仔！」

亞魯戈飛撲過來，不停拍打我的背部。但是喉嚨裡有異物的感覺還是沒有消失。十秒、二十秒……感覺自己心中的恐慌越來越嚴重。現實世界的肉體一定也停止呼吸了。這種窒息感是如此地真實。但真的可能發生這種事情嗎？可以將施加在AmuSphere上的數道防護措施無效化來停止使用者的呼吸的話，根本就是死亡遊戲ＳＡＯ再次出現了吧。

我拚命動著右手來準備叫出環狀選單。只有登出才能從這樣的痛苦底下逃脫。失敗好幾次後才好不容易叫出選單，當我準備從八個圖標當中選擇系統選單時——

再次傳出「喀啊啊啊——嗯！」的聲音。

氣管的阻塞感像作夢一樣消失。依然趴在地上的我，貪婪地把空氣送進自己的肺部。

幾秒鐘後，好不容易才脫離恐慌狀態的我，肩膀被亞魯戈用力抱了起來。

「你不要緊吧，桐仔？」

「嗯……嗯嗯，不要緊。」

以沙啞的聲音回答完，確認異常狀態圖標消失了之後，才往上看向遠方的舞臺。

霍格、迪柯斯、茲布羅等三個人也趴在地上一動也不動。姆塔席娜悠然站在他們中間的模樣，有一點——真的只有一點點跟支配Underworld人界的公理教會最高司祭亞多米尼史特蕾達重疊在一起。明明讓一百個人停止呼吸並且在地上掙扎，卻沒有露出激動或是膽怯的模樣，只是帶著淡淡微笑，如此的精神力再再顯示出她絕對不簡單。

「那麼，各位了解了嗎？」

姆塔席娜輕輕動著左手，接著以銀鈴般聲音對霍格他們說道：

「對在場所有人施加的是名為『不祥者之絞輪』的魔法。效果正如各位剛才所體驗的那樣……一旦法術成功，發動範圍就是無限，持續時間則是永久。」

聽見這段話的瞬間，就從會場的玩家們身上傳出充滿恐懼的叫嚷。我的喉嚨則是擠出了「騙人……」的呢喃。

無限？永久？也就是說今後每當姆塔席娜的那根長杖插到地面，在場所有玩家不論身在何方都會變得無法呼吸嗎？

雖然吵嚷聲逐漸變大，但姆塔席娜只是輕輕舉起長杖周圍就立刻安靜了下來。

「不過，請大家放心。我絕對不是為了虐待大家才使出這樣的魔法。我同樣也想攻略這個遊戲……為了完成這個目標，才會追求最完善的手段。」

「……妳說這是最完善的手段？」

雙手劍使茲布羅搖搖晃晃地站起來，果敢地向對方提問。

「以這種狗屁魔法來威脅伙伴是最完善的選擇？會場裡也有你們『假想研究會』的成員吧？」

「伙伴……？」

如此重複之後，姆塔席娜就發出輕笑聲。

「你們聚集在這裡的理由，不過是剛好利害關係暫時一致吧？我敢斷言，現在就算約定好要互相幫忙，等靠近終點時小隊間一定會發生紛爭，之後發展成小隊內的自相殘殺。但是至少在我的魔法還有用的期間就能迴避這樣的事態……對吧？以攻略遊戲為目標的話，這是最完善且最棒的手段了吧？」

甚至可以說是以天真無邪口氣說出的這段話，讓茲布羅無法做出任何反駁。相對地，依然跌坐在地上的迪柯斯則大叫：

「……怎麼可能！我們……我跟霍格以及茲布羅是彼此信賴！就算最後要競爭，也絕對不會背叛或者互相殘殺！互相幫助到最後一刻，一起喊開始之後才光明正大地朝終點前進，並且祝福獲勝的傢伙……遊戲，不對，應該說ＶＲＭＭＯ不就是這樣嗎？」

「呵呵……呵呵呵呵……」

姆塔席娜晃動纖細的肩膀笑了起來。

「呵呵，呵呵呵呵……抱歉，因為你說的話實在太可笑了——信賴？祝福？你真的認為這個世界……不對，應該說虛擬世界存在這種東西嗎？」

姆塔席娜原本輕快的聲音，突然間被冰塊般的冰冷包裹住。

「——怎麼可能呢。」

以漆黑的眼睛睥睨著廣場的玩家們。

「虛擬世界裡……至少The seed規格的ＶＲＭＭＯ裡頭的什麼信賴、愛情、救濟等等都只不過是幻想喔。真正存在的只有憎恨、背叛、欺瞞與絕望。因為所有完全潛行型虛擬世界的起源

都是那款Sword Art Online刀劍神域。那是四千名玩家留下怨恨而死的真實地獄。」

——少大放厥詞了！

很想這麼大叫的我用力咬緊牙根。

確實有龐大數量的玩家在艾恩葛朗特裡失去了生命。以單人引起的事件造成的犧牲者數來說，它無疑是世界犯罪史上最多的吧。但是存在於那個世界的絕對不只有憎恨與絕望。如果是那樣的話，我為什麼到現在還能跟在艾恩葛朗特相遇的亞絲娜、西莉卡、莉茲、克萊因、艾基爾……以及亞魯戈待在一起呢。

但就像是要嘲笑我這樣的想法一般，姆塔席娜以纏繞著寒氣的聲音繼續說道：

「從ＳＡＯ誕生的黑暗已經散播到廣大的The seed連結體並且增殖了。然後現在無數的世界再次合而為一。黑暗再次凝縮到這個Unital ring世界，當壓力超過界限時，某種新的……恐怕是更深沉、更黑暗的東西就會誕生。我只是想看到那個而已。」

丟出這些話的姆塔席娜，像是想起什麼般又加了一句：

「……當然假想研究會的成員也在這個會場內。他們同意受到『不祥者之絞輪』的牽連。雖然跟剛才說過的話有所矛盾，但我跟他們之間存在絕對不會動搖的信賴關係。所以我相信你們也能跟他們一樣。」

沉重的沉默持續了十秒鐘以上。

打破沉默的是癱坐在舞臺上面的霍格。

「妳……到底想讓我們做什麼？」

「我剛剛不是說過了嗎？大家融洽地合作，朝這個遊戲的終點……『極光指示之地』前進吧。」

宛如體育社團社長的口氣如此宣告完，姆塔席娜就簡短地笑了一下並且表示：

「嗯，話雖如此還是需要明確的路線圖。請放心吧。我已經決定好最初的目標了。」

「目標……？」

「霍格先生，你在一開始打招呼時曾經說過『Folks』小隊昨天晚上全滅了吧。殺掉他們的不是魔王怪物也不是巴辛族喔。從流經這個遺跡東方的『馬魯巴河』一直往上游走就有一座大森林，他們在那裡襲擊其他小隊的據點卻反而落敗了。」

聽著玩家們再次傳出的喧囂聲，我終於了解姆塔席娜使用大魔法前的不祥預感已經成真了。

名為Folks的小隊絕對就是昨天晚上進攻圓木屋的修魯茲一群人了。然後姆塔席娜在這個時機下提出這件事的原因恐怕是……

「我要你們先去擊潰那支小隊。」

「……為什麼要擊潰他們？也對那些傢伙施行這種鎖喉魔法，讓他們變成手下不就得了？」

聽見迪柯斯提出的重點後，姆塔席娜輕輕聳肩。

「要讓『不祥者之絞輪』成功不是那麼簡單喔。除了動作指令很長之外，魔法陣也很顯眼。若不是會被『施放華麗支援法術作為宴會餘興節目』的謊言所騙的對象和狀況，應該不可能成功吧。」

面對露出憤怒表情的霍格等人，黑髮魔女以更加溫柔的口氣表示：

「不要露出那種表情嘛。不是你們太愚蠢，而是這次的敵人很強大。因為在北方的森林……賽魯耶提利歐大森林設下據點的是那個『黑衣劍士』桐人一夥啊。」

6

晚上十點四十分。

懇親會因為預料之外的發展而解散，我和亞魯戈混在人群裡面離開競技場。

原本只是打算偷看一下狀況就盡快脫離，結果只能被迫從頭看到尾，所以愛麗絲跟小黑應該等到不耐煩了吧。雖然想立刻趕回去，但是不利用一下商店，感覺就白白被人家施放異常狀態法術了。

請路過的玩家告訴我們收購商品的店家所在位置，接著便進入市場角落的一家商店裡。剛邁入老年的店長體格強壯但是臉色很難看，把一直收在道具欄裡的鬣狗、野牛與蠑螈皮革、骨頭拿給他看後，他提出的收購價格是3耶魯78迪姆這樣的數字。

「…………3耶魯？」

我和亞魯戈面面相覷。鬣狗也就算了，野牛——正式名稱是「蓋爾長毛牛」在出沒於基幽魯平原的怪物裡面算是相當高等的了，大牆壁迷宮的蠑螈與美西螈也絕對不容易對付。但是卻只有這點金額？似乎是看出我這樣的不滿，店長開口說道：

「喂喂，我已經提高不少價錢了。因為它們全是這邊附近很少見的素材。但是生皮最多就只能出到這種價錢。」

「啊，自己鞣過之後再賣價錢會更高嗎……」

原本想先拿回來自己鞣皮再來，但完全不清楚需要什麼道具與順序，而且也不清楚什麼時候才會再來到這個城鎮。當我發出「唔……唔……」的沉吟聲時，在店內角落看著架上素材商品的皮革裝備男性就轉過頭來說：

「喂，小哥，3耶魯78迪姆是一大筆錢了喲。我從剛才就一直在猶豫是不是要買這種十個1迪姆的素材了。」

當我浮現「……NPC？玩家？」的猶豫時。

「說起來，那種高級的毛皮是從哪裡得到的？附近有什麼祕密地點的話，我用3迪姆跟你買情報吧？」

判斷對方是玩家後，我便聳聳肩如此表示。

「沒有啦，不是在這附近。從艾恩葛朗特的墜落地點還要往北的地方。」

「嗚嘿，你到那麼遠的地方去了嗎！這就表示你裝備雖然不怎麼樣，卻是攻略組大人嗎？」

「攻……攻略組？有這種稱呼方式嗎？」

「一開始時有認真勢力、全力奔馳組與頂尖玩家等各種稱呼，但不知不覺間就變成這個稱呼了。話說回來，攻略組的傢伙們不是在競技場舉行聚會嗎？一陣大騷動之後突然安靜了下來，是發生什麼事了嗎？」

我反射性要摸向自己的脖子，好不容易才壓抑下衝動。

「沒有……我只是去看了一下而已。謝謝你的建議喔。」

「嗯。」

我把視線從再次回到架上的男人移到店長身上。

「那就剛才的金額吧。」

「好。交涉成立。」

傳出「鏘鈴」的特效音後，隨著櫃檯上的素材道具消失，視界裡顯示出【1耶魯黃銅幣×3、1迪姆銅幣×78】的獲得訊息。

為了慎重起見而環視了一下店內，但是看不到子彈和火藥。對店長揮揮手來到外面的道路上之後，我隨即鬆了一口氣並開始往北走。

「哎呀……詩乃的一百耶魯銀幣是很大一筆錢耶。感覺就跟SAO的一萬珂爾差不多？不曉得她從哪裡拿到的。」

原本是對著旁邊搭話，但是卻得不到回答。現在回想起來，離開競技場之後同行者就變得特別安靜了。

「喂，亞魯戈？」

我窺看著斗篷兜帽子深處並且呼喚對方的姓名，亞魯戈突然停下腳步。最後才以沙啞的聲音無力地表示：

「……抱歉喔，桐仔。為了救我而害你淪為那種狗屁魔法的受害者……」

「什麼嘛，妳是在意這件事喔。」

猶豫了半秒之後，我在腦袋裡做出「這傢伙不是帆坂朋大小姐而是『老鼠』！」的宣言，然後右臂整個繞過亞魯戈的脖子。

「真要這麼說的話，我可不知道受到『亞魯戈的攻略冊』多少幫助嘍。跟ＳＡＯ時代欠妳的人情相比，這根本沒什麼啦。不是以前就說過了，沒有不會過去的黑夜，也沒有解不開的詛咒。」

「我不記得聽過這種話，嗯，不過魔法的話確實應該有解咒的方法才對。」

我接著又拜託在我手臂下方輕輕點頭的亞魯戈突然想起的一件事。

「啊，然後呢，這個魔法的事情……可不可以暫時不要跟愛麗絲還有亞絲娜說？我想等到知道如何解咒時才告訴她們。」

「桐仔，你真是一點都沒變。」

從我手臂底下鑽出來後，情報販子就以恢復平常模樣的表情與聲音說：

「我不會說喲。不過對方要是拿錢出來就不一定了。」

以獲得的錢幣在攤販買了各種食物，並在水井盡可能汲取免費的水之後，我跟亞魯戈就衝回北門附近的廢屋。在入口重新穿上鎧甲後才進到裡面。雖然移動中已經先傳過訊息了，但為了慎重起見還是敲了兩次門後才把門打開，下一個瞬間——

「太慢了！」

愛麗絲的斥責聲以及……

「咕嚕吼！」

小黑撒嬌的聲音以立體聲的形式響起。黑豹飛撲過來後，我就一邊撫摸著牠的脖子一邊向愛麗絲道歉。

「抱歉抱歉，因為出乎意料的發展……」

「連大概什麼時候回來都無法聯絡嗎？」

「啊……這個嘛，下次我會注意……應該說，也跟負責留守的西莉卡他們聯絡一下比較好喔……」

「我剛才已經先聯絡過他們，表示最快也要深夜十二點才能回去了。」

「謝……謝啦。那個，這是一點小小的心意。」

我從道具欄裡取出買來的食物，把它們排在房間中央的老舊桌子上。由於是攤販賣的食物，所以沒有什麼高級感，但像是將烤過的薄麵包開成袋狀並塞入肉片與蔬菜的義式三明治般食物、長竹籤上串了大量切成合適大小的肉塊並且烤得香噴噴的中東烤肉般食物、以薄餅皮夾住起司與洋蔥然後將起司烤到融化的墨西哥起司餡餅般食物，每一樣的外表與香氣都能讓人食指大動。

但是愛麗絲看到這些食物的瞬間就狠狠瞪了我一眼。

「桐人，你該不會……」

「啊，不是啦，真的沒有挪用詩乃的錢。我是用賣掉自己持有的素材賺來的錢買這些食物的。來，這個還妳……很可惜沒有找到子彈。」

將裝了一百數十耶魯的皮袋還回去後，愛麗絲的表情終於變得柔和。

「相信你的人格，裡面的數目我就不數了——如果是這樣，那我就不客氣嘍。」

咬了一口墨西哥起司餡餅，嚼了幾口後做出「相當美味呢」的評語。愛麗絲在Underworld雖然是比人界四帝國的皇帝更加偉大的整合騎士，但是絕對不會挑嘴，感覺她反而喜歡庶民的食物。現實世界的機器軀體當然沒有進食機能，所以只能在虛擬世界裡用餐，在ＡＬＯ裡經常向亞絲娜做出想吃漢堡排、燉菜或者義大利麵的要求。亞絲娜甚至為了愛麗絲而努力想重現咖哩與拉麵，但也因為這次的強制轉移而不得不中斷。

我一邊期盼有一天能在現實世界跟愛麗絲一起圍著餐桌吃飯，一邊拿起了中東烤肉。結果小黑就用頭用力推著我的腰部，於是我就把肉從竹籤上拔下來，一塊一塊餵給牠吃。

突然想起一件事。某個人抵達「極光指示之地」來完全攻略遊戲的話，Unital ring世界是不是就會消滅呢？那個時候小黑、阿蜥還有米夏也會消失不見嗎？

「喂，桐仔。你不吃嗎？」

被右手拿著中東烤肉，左手拿著墨西哥起司餡餅的亞魯戈這麼一問，我便抬起頭來說：

「當然要吃嘍。」

我抓起義式三明治並拿到嘴邊。老實說我沒有什麼食慾，但是出發前必須完全恢復TP與SP才行。張大嘴巴咬下後，切成薄片的肉與生菜的口感就真實地傳遞過來。不只是圖形，連味覺再生引擎的性能都遠遠凌駕既存的VR世界。

到底是什麼人為了什麼而這麼做——我把這重複過不知道多少次的疑問隨著義式三明治一起咬碎並且吞了下去。

從北方大門來到練功區的瞬間，我才注意到還有一件事情沒做。

「啊……對了，亞魯戈。妳沒有更新『古代怨靈』任務吧？這樣沒關係嗎？」

「沒關係喲，現在不是做這種事情的時候。」

亞魯戈聳聳肩這麼說完，她對面的愛麗絲就表示：

「究竟發生什麼事了？」

「邊移動邊說吧。」

確認視界內沒有玩家之後，我便開始朝東北方跑去。

在只省略掉一件事的情況下依序說明懇親會的經過，結果愛麗絲的臉色變得越來越難看。

在我閉上嘴的同時，她就毫不隱藏憤怒地大叫：

「那個叫做姆塔席娜的女人究竟是怎麼回事！我在現場的話，一定一劍把她砍了！」

「哎呀，她的等級很高喔。我想應該比我們都高。」

「那沒有關係！但是……其他玩家都遭到詛咒了，真虧你們兩個人能平安無事。」

省略的當然就是只有我遭到「不祥者之絞輪」擊中的事實。幸好烙印在脖子底部的環能夠用鎧甲的護喉蓋住。雖然之後表明真相時應該不只會挨罵，但現在說出實情的話，愛麗絲一定會返回遺跡去試著幹掉姆塔席娜吧。

「嗯，因為我在ＡＬＯ裡練習過許多次怎麼砍魔法了。」

我一邊這麼回答，一邊瞄了亞魯戈一眼。情報販子像要表示「我知道喲」一般對我使了個眼色，於是我便繼續說下去。

「現在最大的問題是，受到姆塔席娜支配的一百多名高等級玩家將會進攻我們的城鎮。這不是溝通就能夠解決的狀況……必須做好迎擊的準備才行。」

「什麼時候會發動攻擊？」

「姆塔席娜說是後天……十月一日晚上。似乎計劃要花兩天的時間，至少將所有人的裝備都提升到『高級皮革』防具，我看出發的時間只會延後不會提早吧。」

我一這麼回答，亞魯戈就邊跑邊靈活地歪著脖子說：

「但是桐仔，在那裡的一百人全部都會參加攻擊嗎？姆塔席娜的窒息魔法確實很恐怖，但是登出的話就一點用都沒有了吧？」

「嗯，是這樣沒錯啦……但是，持續登出就表示脫離攻略Unital ring的行動喔。在那裡的攻略組，以亞魯戈的說法就是領頭跑者們，與其在這裡就放棄，我認為他們就算被姆塔席娜掐住脖子也還是會以攻略遊戲為目標吧。」

「……確實有可能是這樣。像在SAO裡是真的攸關性命，但攻略組成員還是以完全攻略遊戲為目標……」

「真是的，那群人真是瘋子。」

「真想對當時的攻略組做一份問卷調查，看看誰才是最瘋狂的傢伙。」

我們就進行這樣的對話並全速衝過草原。雖然途中數次被迫繞過狩獵集團，但沒有去程時那麼麻煩，順利來到河流——姆塔席娜稱為「馬魯巴河」——旁邊。

原本認為有五成以上的機率已經消滅了，但圓木舟還浮在我們拋下船錨的地點。讓佩服地說著「虧你們能造出這種東西」的亞魯戈坐在船尾附近的座位板，愛麗絲則坐在她前面，至於小黑則是跟來時同樣占據了船頭。拉起船錨倒下船槳之後，圓木舟就開始逆流前進。

再來就只要一直逆流航行就能回到賽魯耶提利歐大森林——雖然很希望是這樣，但是事情無法如此順利。不久之後就聽見來時也曾聽過的肚子咕嚕咕嚕叫般重低音。雖然只靠月光無法掌握全貌，但是據愛麗絲所說是落差應該達三十公尺的大瀑布。靠這艘圓木舟……應該說不論什麼樣的船都無法爬上去才對。

「船只能開到那裡嗎……」

我一這麼呢喃，愛麗絲也以感到可惜的聲音回應：

「是啊。先靠到岸邊，然後把它變回素材吧。」

「Aye aye sir。」

不對，愛麗絲是女性所以是Aye aye ma'am嗎，話說回來她能聽得懂這句話嗎……想著這些事情的我準備把舵往左打。但是在這之前。

「等一下！桐仔，在把船弄壞之前應該還有事要做吧！」

由於聽見前方傳來這樣的聲音，我便不停眨著眼睛。

「還有什麼事情要做？」

「喂喂，遊戲世界裡出現大瀑布喲！這樣的話要做的就只有一件事吧！」

「……啊～」

我苦笑著說了聲「原來如此」。但事情並非像她說的那麼簡單。

「我說亞魯戈啊，就算是遊戲世界，這裡可是以真實聞名的ＶＲＭＭＯ喔。只要走錯一步，就會連船一起四分五裂喔。」

「不要犯錯就好了。來吧，全速前進！」

面對亞魯戈不負責任的指示，連小黑都發出「嘎嗚！」的叫聲表示贊同。嗯，反正終究是得破壞這艘船，下定這樣的決心後，我就把槳移回前進方向。

「咦……你打算做什麼？」

愛麗絲雖然發出不安的聲音，不過我只是隨便回應「沒什麼啦」來把事情帶過。

「但是桐人，瀑布……」

「哎呀，我知道啦。」

「是瀑布喔！」

「好啦好啦好啦。」

當進行這樣的對話期間，圓木舟來到達寬敞的瀑布潭。發出震耳欲聾巨響的瀑布已經在眼前。
注視著月光照射下的瀑布，發現左右兩側都是突出的巨岩，根本沒有辦法繞過去，流落的瀑布中央偏右處長出一棵樹來，其正下方的水流似乎稍微變弱了一些。要衝進去的話就只有那裡了。
「好，要上了！抓緊嘍！」
把兩手握住的槳傾斜到極限，然後全力在左右兩邊划動。圓木舟瞬間強力加速，朝月光照射下發出藍白色光芒的水簾前進。
「桐人！別魯莽行事，不會連續出現兩次奇蹟的！」
愛麗絲所說的第一次奇蹟是來時連同圓木舟一起從瀑布上方落下也平安無事吧。老實說我也這麼覺得，但是面對眼前的騎士就是忍不住想要惡作劇。
「不，奇蹟會發生！我會創造給妳看！」
毫無根據地這麼大叫後，我就駕駛到達最快速度的圓木舟衝進發出轟然巨響的大瀑布裡。
首先是小黑發出「嘎哦哦嗯！」的吼叫，亞魯戈則是則是叫出「呀呼～！」的聲音，至於愛麗絲則是扯開喉嚨發出「呀啊啊啊啊！」的悲鳴。
視界被一片藍色掩蓋。強大的水壓壓到雙肩上，圓木舟一口氣下沉。船緣比瀑布潭的水面還要低的話就會流入大量的水，船也會因此而沉沒。

「呼唔喔喔喔喔喔！」

早知道就不試了！很快就感到後悔的我，用盡全身的力氣划動船槳。但是圓木舟卻遲遲不前進。當我有了沉沒的覺悟時，槳的動作突然變輕了。一看之下，愛麗絲在背部承受瀑布擊的情況下伸出手來握住船槳前端。

承受兩人份力道的船槳發出巨大摩擦聲，不過圓木舟就像彈出去一樣往前進，最後終於突破激流。巨響與水壓一瞬間消失，我陷入茫然狀態好一陣子後，才急忙把船煞住。圓木舟在平靜水面前進幾公尺後停了下來。

「……大家都沒事吧？」

由於一片漆黑什麼都看不見，所以便如此呼喚，結果從前方傳來亞魯戈與小黑的回應，遲了一會兒後才聽到近處的愛麗絲發出嘆息聲。

「唉……算了——既然平安無事就不再計較了，不過我絕對拒絕第三次的胡搞喔。」

「哎呀，真謝謝妳。」

道完謝後，我就從道具欄拿出火把並用燧石點火。差不多想要有燈籠了……不對，想學會光魔法，心裡一邊這麼想的我一邊高舉起火把。

橘色光芒照耀出來的是寬敞的自然洞窟。從天花板垂下無數鐘乳石，左右兩邊的岸上則長著奇妙形狀的石筍。一回過頭就看到狹窄入口前方的瀑布內側。圓木舟前進的方向只要往左或右偏個一公尺就會猛烈撞上岩石，然後整個損毀並且沉沒吧。

我再次把視線移回洞窟內部。地面充滿緩緩流動的水，圓木舟應該可以繼續前進……不過更重要的是……

「那裡……是鐵！鐵礦石！」

一看到從灰色壁面突出來的那種紅中帶黑的岩石，我瞬間忘了全身濕透的不愉快感直接叫了出來。

「喔哇，那裡也有……還有那裡也有！」

「喂，桐仔。你冷靜點，接下來該怎麼辦應該比鐵礦石還要重要吧……」

「鐵礦石比接下來的事情重要！」

我划動船槳把圓木舟靠向右岸。

「愛麗絲，拜託妳掌舵一下……河流的速度不快，妳只要幫忙把它直立起來就可以了。」

「……是是是。」

把船夫的工作交給嘆了一口氣後站起來的騎士大人後，我就把火把插進船緣的插座接著跳上岸。雖然岩石外露的地面又濕又滑，但我還是小心翼翼地繞過石筍來靠近鐵礦石。

在賽魯耶提利歐大森林裡那座尖刺洞熊的洞窟首次發現鐵礦石時，還只能使用原始的石斧，所以採集的量稀少而且也很花時間。但現在的我擁有莉茲貝特幫忙打造的「高級鐵鍬」。

確實握住從道具欄拿出來的工具，然後用力往從牆上突出的礦石中心敲下。

橘色火花隨著「鏘鏘」的尖銳金屬聲爆散出來。如果是在現實世界採集礦石，那麼應該要粉碎周圍的岩石吧，但這個世界的話這樣將會獲得岩石，所以必須直接敲打外露的礦石。如此大小的礦石，用石斧的話應該要敲打三十次以上才行，但是我可靠的鐵鍬只敲了八下礦石就出現巨大裂痕。再敲兩三下礦石就會粉碎，變成幾個塊狀物滾落到地面。必須注意不讓它落入後面的水裡才行……當我這麼想的時候——

「桐仔，上面！」

「嘎哦嗚！」

從背後響起亞魯戈與小黑的警告聲，我反射性抬頭往正上方看去。原本以為是怪物出現了，但我雙眼看見的是從天花板長出的兩根巨大鐘乳石不停搖晃的光景。

「嗚喔哇！」

在我全力飛退之後，無聲落下的鐘乳石就直接擊中我的腳邊並且整個爆散開來。由於沒有戴頭盔，所以命中頭部的話……就算不會立刻死亡也會失去兩三成的ＨＰ吧。

「不……不要緊吧？」

我舉起左手來回應愛麗絲的聲音。

「不要緊……原來如此，專注於敲打礦石的話鐘乳石就會落下的機關嗎……」

一個人的話絕對會被擊中，當我在內心深深感受伙伴的偉大之時，亞魯戈就以一半傻眼一半擔心的聲音丟過來一句：

「喂，桐仔，我看你應該沒有頭盔吧？還是別繼續挖了比較好吧？」

「唔咕……」

道具欄裡確實沒有頭盔之類的東西。應該說，我從SAO時代到現在可以說幾乎沒有裝備過頭盔。這並非是在耍帥，而是感覺完全潛行型RPG，視覺與聽覺遭到限制的缺點大於防禦力上升的優點。由於那個「防禦之鬼」，血盟騎士團團長希茲克利夫也沒有使用頭盔，所以理論上來說應該沒有錯。因為那個傢伙正是VRMMO的創造者，茅場晶彥本人……

我腦袋裡想著這些事情，接著回到出現裂痕的鐵礦石前面。

「雖然沒有頭盔，但只要注意就沒問題了，應該啦。」

如此回覆亞魯戈後，我重新握好鐵鍬。確認天花板已經沒有落下鐘乳石，再次開始敲擊後，第三下就讓礦石碎裂成四塊並且從牆壁上滾落。趕緊把它們全撿起來丟進道具欄內。圓木屋周邊目前可以採集鐵礦石的地點就只有米夏過去的巢穴，所以供給量絕對算不上豐富。如果能在這座洞窟裡確保所持重量上限的鐵礦石，應該會對今後城鎮的建設有所幫助才對。

之後我每當在洞窟裡發現鐵礦石就會停下船來，然後持續揮動鐵鍬。除了鐵之外還有銅、銀等礦石，甚至還發現用途不明的水晶，於是便一邊採集這些礦石一邊往深處前進。

雖說是天然洞窟，但也絕對算是迷宮，因此當然會出現各種怪物。最棘手的是一次三四隻一起飛過來並且馬上試著要熄滅火把的大型蝙蝠，一旦火把被熄滅，我和亞魯戈、愛麗絲就會為了避免自相殘殺而在重新點亮火把前停下攻擊。但是小黑不愧是名為暗豹的動物，似乎在黑暗中也能看得見敵人，靈活地用兩隻前腳把高速飛竄的蝙蝠擊落。

不到三十分鐘，我、愛麗絲和亞魯戈的道具欄就充滿大量資源，因此感受到強烈的滿足感——只不過……

「……你臉色看起來很鬱悶呢。」

被愛麗絲如此形容的我，一邊關上視窗一邊點了點頭。

「嗯……因為發現有點棘手的問題。」

「什麼問題？」

「這個洞窟距離斯提斯遺跡不遠對吧？這就表示，被姆塔席娜手下的攻略組發現也只是時間的問題。能夠採集如此大量的鐵礦石，要湊齊一百個人的鐵製裝備就不會太困難了。」

聽見我這麼說的愛麗絲，臉上也出現緊繃的表情。

昨天晚上發動襲擊的修魯茲一夥人——小隊名稱似乎是叫做「Folks」——二十幾個人裡面大概有一半的成員擁有鐵製武器。即使如此我們還是贏得驚險萬分。如果全身穿著鐵製裝備的一百人大集團襲擊過來的話，我們就沒有勝機了。

「……那確實會陷入跟東大門之戰一樣的不利狀況之中。」

愛麗絲以生硬的聲音如此呢喃。

Underworld的「異界戰爭」揭開序幕，在東大門與黑暗界軍展開激戰時，我雖然仍處於昏睡狀態，但還是依稀記得籠罩在人界軍陣地的沉重空氣。愛麗絲在那場戰役裡失去的唯一的徒弟整合騎士艾爾多利耶．辛賽西斯．薩提汪。

讓這樣的她不由得將Underworld的戰爭視為跟Unital ring的PvP相同真的很感到很抱歉……先浮現這樣的想法之後，便又重新認為這麼想才是一種錯誤。對於愛麗絲來說，兩者皆是應該盡全力的真正戰鬥。

為了斥責自己而用雙手拍打臉頰後，我就對露出疑惑表情的愛麗絲說：

「就算是這樣我也不打算放棄。要是被鐵製裝備的一百名玩家襲擊可能就束手無策了，但我們知道敵人的陣容以及可以在此採集鐵礦石。大家集思廣益的話一定可以找出獲勝的方法才對。」

「……說得也是。」

愛麗絲露出微笑點了點頭的下一刻。

「那麼我就來提供一個點子吧。當然是免費喲。」

在圓木舟船頭撫摸小黑脖子的亞魯戈轉過頭來這麼說道。

「什……什麼點子啊？」

「被敵人採集這個洞窟的鐵礦石就不妙了對吧？那就把它填起來如何呢？」

「填起來……妳說把洞窟嗎？」

啞口無言兩秒鐘左右後我便環視周圍。這座鐘乳石洞的寬度平均約六到七公尺，到達天花板的高度也差不多而且有許多岔路，到現在仍無法掌握全貌。雖說是一邊採集資源，但是到目前為止已經花了三十分鐘移動了仍未抵達終點，所以長度應該有兩三公里吧。

「……想把這裡填起來的話，可能需要十台卡車的炸彈吧。而且在那之前，就算是Unitalring應該也無法辦到如此大規模的地形改變吧？」

聽見我極度正確的反駁後，亞魯戈就咧嘴笑了起來。

「我可沒說要把整個洞窟填起來喲。只要把瀑布後面的入口堵起來就可以了。把那裡塞住的話，就沒有進入的方法了吧。」

「啊……啊啊，嗯，或許是這樣啦……但那也是項大工程喔。光要用鐵鍬來挖天花板實在是……」

「啊……對喔，我知道了。」

愛麗絲拍手發出「砰」一聲。

「不是破壞還是製造吧。」

「製造……？啊，啊啊對喔。以手工在入口製造一面石牆嗎？」

終於理解亞魯戈想說什麼的我，為了打響指而舉起的右手在中途就停了下來。

「等等，但這應該也辦不到吧？因為如果玩家能在迷宮裡製造牆壁或樓梯的話，不就可以盡情製造地圖的捷徑或者阻礙其他玩家了嗎？」

「現在試試看不就知道了。」

聽亞魯戈這麼說，認為確實如此的我便點點頭。以舉到一半的右手打開環狀選單，從初級木匠技能的製作道具一覽中選擇「堆石牆」。出現的半透明殘像物體最初的位置跟洞窟牆壁重疊所以呈現灰色，稍微往旁邊移動後就染上了淡紫色。

「……好像可以製造……」

「看吧？我就覺得以Unital ring的設計概念來看說不定能辦得到。」

面對露出得意表情的亞魯戈，我帶著無法想到這種方法的懊悔提出了問題。

「Unital ring的設計概念是什麼？」

「以一句話來說就是『過剩』。過於寬敞的世界地圖、過於精細的解析度、過剩的技能與能力……也就是說這個遊戲是在挑釁我們這些玩家的遊戲常識。從對能辦到的事情自我設限的傢伙開始死亡，創意能超越常識一步的傢伙才能活下來。」

「…………」

這再正確也不過的論點讓我說不出半句話來。

跟Vengeful wraith戰鬥時，我用亞麻仁油做出即席的火焰劍，將物理攻擊無效的幽靈砍成兩半。但那是仍屬於遊戲玩家常識之內的點子；另一方面，亞魯戈那個時候則是把從我這裡搶去的火把塞進幽靈逐漸再生的切斷面，將火焰埋入幽靈體內令其爆炸。真可以說是超越常識的創意。

SAO時代的我也經常冒出離奇的點子並且毫不遲疑地加以嘗試。雖然一百個點子裡面有九十九個都失敗，但是有好幾次都是剩餘的一個救了我的性命。只不過在ALO享受「普通的遊戲」當中，似乎不知不覺就喪失了挑戰的精神。

雖然想再次用力拍打自己的雙頰，但是石牆的殘像物體依然保持原狀，於是我就用力握住那隻手來取代拍打臉頰。幾塊粗糙的石磚從虛空中落下，在洞窟岸邊形成兩平方公尺的牆壁。

「……蓋出來啦。」

面對以驕傲口氣這麼說道的亞魯戈……

「是蓋出來了。」

如此回應後，我便開始思考了起來。

能夠建造牆壁，就表示有空間的話洞窟內也可以蓋房子並且設置生產設備……亦即能夠建立據點。不只是用牆壁擋住入口，在內部設置據點來生產大量鑄鐵的話，效率遠遠超過把礦石搬到桐人鎮……不對，是森林裡的城鎮。雖然這也是常識內的點子，但是有一試的價值。

不過在那之前——

「那麼就採用亞魯戈的點子，我去把入口堵住吧。雖然無法一路探索到洞窟的終點相當可惜……」

「那就先到終點去看看吧？姆塔席娜麾下的部隊應該是後天晚上才會從遺跡出發吧？」

「嗯，是沒錯啦……」

就算總攻擊是明後天，但是他們應該已經開始賺取經驗值以及收集皮革素材了吧。即使在這個瞬間，發現瀑布的玩家想要調查其後部的可能性也不是零。

「咦咦！」

「嗯……還是有點不安，我自己一個人到入口去吧。亞魯戈和愛麗絲繼續探索這附近。」

下一刻，愛麗絲立刻繃起臉。

「這樣的話所有人一起回去比較……」

「跟用船來回比起來，從岸上跑過去要快多了。而且也記住要如何應付出現的怪物了。」

「那這個傢伙也一起去吧。」

如此說道的亞魯戈拍了拍小黑的脖子，黑豹也發出「嘎嗚」的簡短叫聲。

「咦……妳們只有兩個人不要緊嗎？」

「喂，又小看我了。」

愛麗絲像小孩子一樣鼓起臉頰。

「我的等級已經幾乎跟你一樣了。亞魯戈也是個老手，我覺得你應該擔心自己才對。」

「對啊對啊。嗯，我們也不會亂來，你不用客氣把小黑貓帶走吧。應該說……」

把視線移回小黑身上的亞魯戈，一邊拍著牠強壯的背部一邊繼續說：

「這傢伙說不定可以乘坐喲？」

「咦咦？妳說坐在小黑背上？」

「你試試看啊。」

「這麼做要是惹牠生氣了怎麼辦……」

嘴裡雖然這麼回答，但是從豹的體格來看似乎能成功。我從圓木舟跳到岸上後，小黑也不等待指示就輕輕跳起來，然後在我身邊趴下。

「……小黑，我可以坐上去試試看嗎？」

一問之下，小黑就以簡短的「嘎嗚」吼叫聲來回答。認為這是ＯＫ的意思後，我便戰戰兢兢地跨坐到背上。靜靜把體重放上去的瞬間，小黑就揹著全身鐵裝備的我輕鬆地站起來。

「喔喔……好像沒問題……？」

「對吧？你試著做出跑動的指示。」

聽亞魯戈這麼說後，我猶豫了一下才對愛駒……不對，是愛豹呼喚。

「小黑，ＧＯ！」

下一個瞬間——

「咕嚕啊啊嗚！」

發出特別巨大的喊叫聲後，黑豹就開始以流星般速度在只有大約一公尺寬度的洞窟岸邊跑了起來。

「喔哇啊啊啊！」

由於左手拿著火把，我急忙以右手抓住小黑背上的琉璃色毛髮。從後方傳來「要快點回來喲～」「小心喔！」的聲音，不過立刻就變得遙遠。

洞窟的地板並非平坦而是呈不規則的起伏，而且到處長出尖銳的石筍，但是黑豹完全沒有減速就輕鬆地跳躍障礙物。現在回想起來，首次遭遇小黑時，牠就是為了躲避基幽魯平原的致命冰風暴而逃入洞窟當中。或許背琉璃暗豹本來就是以洞窟為居所。

我也是首次坐在豹上，不過有好幾次騎馬的經驗——當然是在虛擬世界裡。回想起用全身吸收猛烈震動的方法，當我感覺稍微與小黑一體化的瞬間，眼前就出現訊息視窗。

【獲得騎乘技能。熟練度上升為１。】

——看來小黑在系統上是騎乘動物。如此一來，載著五名帕特魯族小孩子的尖刺洞熊米夏也絕對是騎乘動物，而體格跟小黑差不多的長喙大鬣蜥阿蜥……雖然還不清楚，但是回城裡後就請亞絲娜騎乘看看吧。

在我想著這些事情的期間，小黑依然在黑暗底下疾奔，遇見岔路時我拉動牠背上的毛做出指示之後，牠也會乖乖往那個方向前進。前進方向經常會出現怪物，但我判斷這種速度應該能甩掉所以就持續讓牠奔馳。就算拖了一大堆怪在後面，洞窟裡也沒有其他玩家所以不用擔心給別人添麻煩。

圓木舟花了三十分鐘——不過是邊採集礦石邊戰鬥——的路程，小黑只花了七八分鐘就跑完，來到一條似曾相識的單行道上。我輕輕將毛皮往後拉來命令牠減速。豎起耳朵一聽，就能聽見些許「轟轟轟……」的瀑布聲。

「小黑，Stop！」

從即刻停止的黑豹背上下來之後，我便用力撫摸脖子來慰勞牠。接著從腰包裡取出野牛肉乾來餵牠。我自己也咬著斯提斯遺跡買來的剩餘中東肉串，並朝著洞窟的出入口走去。

最後前方稍微變亮了一些，於是我便將火把熄滅，隨即就看到吸引淡藍色月光入內的開口部分。

再次確認出入口的尺寸後，得知長與寬大約是二．五公尺左右。乘圓木舟闖入時覺得狹窄，但要把它擋起來時則完全沒有這種感覺。只不過並非親手堆起石頭，只要以手工藝機能來設置牆壁即可，因此以工程來說是相當簡單。問題是可不可以用橫跨的形式將牆壁設置在流經洞窟中央的河川上，不過還是得先試試看才能知道。

由於道具欄填滿了大量鐵礦石與水晶，於是我先將一部分鐵礦石實體化並且堆在地面上後才握住鐵鍬。

洞窟的牆壁上依然殘留著我採掘鐵礦石所留下來的坑洞。這個世界的資源會隨著時間復活，但以RPG來說循環的時間算設定得相當慢。瞄準洞穴旁邊打進鐵鍬後，一擊就有灰色塊狀物掉落。拾起後叫出屬性視窗，發現名字是【灰滑岩】。如果上流河灘可以無限採集到的常見灰崩岩是「脆弱石灰岩」的話，這就是「光滑石灰岩」吧。可能是高級一些的素材，但也沒必要特別加以挖掘。

揮動鐵鍬一陣子後，盡可能將灰滑岩裝進道具欄裡，接著也到河川較淺處採集黏土，然後在手工藝選單選擇「粗雜的石壁」。首先將出現的殘像物體移動到出入口的正前方，但是變成無法設置的灰色。即使直接將其沉入水中，顏色也沒有改變。

「我想也是……」

由於到此都仍在意料之中，所以我便將殘像往右移，將基部一半以上放到岸上後才終於變成淡紫色。我先在此握拳將石壁實體化。然後再次挖掘灰滑岩與黏土，然後以新的殘像物體與最初的石壁連結起來，但是沒有變成紫色。

「唔唔……」

嗯，正常來看，巨大石壁不可能沒有任何支撐就浮在空中。而且在這之前，試圖封鎖迷宮入口本來就是相當瘋狂的點子。當我浮現「辦不到嗎」的想法而準備放棄時，亞魯戈的聲音又在耳朵深處復甦。

——也就是說這個遊戲是在挑釁我們這些玩家的遊戲常識。

在這裡挑釁的不是玩家，而是木匠的常識。

之所以無法把牆壁設置在河川當中，是因為會阻斷水流的緣故吧。如此一來，不阻斷水流的建築物又如何呢？捲動初級木匠技能的選單，眼睛就停留在【粗雜的木頭柱子】選項上。需要的素材就只有一根圓木。道具欄裡應該還殘留著幾根旋松的圓木，直接按下製造鍵後，就出現簡單的柱子殘像。把它移動到水上並沉進水裡，當下端接觸到河川底部時顏色就變成紫色。

「很好！」

左手忍不住握拳做出勝利姿勢，躺在附近地板上的小黑也搖著尾巴。慎重地調整位置後將其實體化。接著重複同樣的作業，在跟先前製造的石牆同一條線上排了四根柱子。由於這樣就用光圓木了，也只能祈求自己的計畫能夠成功。

再次從選單選擇石壁。將殘像物體與最初的石壁與四根柱子連結在一起。瞬間灰色的殘像發出紫色亮光，我再次叫了聲「太棒啦！」。握起右手後就從空中降下大量岩石，把洞窟的出入口塞住八成左右。由於一口氣變暗了，我就再次點燃火把。

接著就是重複同樣的作業了。將岩石與黏土放入道具欄然後添上石壁。旁邊加上三面，上方加上兩面之後，出入口就完全看不見了。

不過這也並非完全的封鎖。終究不過是「粗雜的石壁」，所以耐久度並不是太高，使用適當的手段就很可能破壞它，至於水面下的柱子就更脆弱了。但我製造的石壁跟洞窟同樣是灰滑岩，所以從外面看起來不論是色澤與質感都跟周圍一體化，應該不容易被發現那裡有洞窟的入口才對。

當然無法永遠瞞過他人的眼睛。但是現在只要能妨礙姆塔席娜軍製造鐵裝備就可以了。

我把右手伸進護喉深處，觸碰從外面看不見的項圈狀圖紋──「不祥者之絞輪」。由於脫離遺跡之後就從來沒有發動過呼吸停止魔法，可以知道霍格他們應該都乖乖遵從姆塔席娜的命令吧。也難怪他們會這樣。我也不想再次嘗受那種似乎真的會死亡的恐懼。

但是我恐怕也必須有所覺悟才行。哪一天要跟姆塔席娜直接對決時，要是知道我中了「不祥者之絞輪」，那個女的絕對會毫不留情地發動魔法吧。在那之前不太可能發現解除這個詛咒的方法。

總之現在要完成能辦得到的事情。

我用從喉嚨放下來的手打開環狀選單後，對愛麗絲傳送了「完成入口的封鎖，現在回去了」的訊息。立刻就接到「了解，我們發現魔王的房間了」的回信。

「……說找到魔王了。」

感到無奈的我一這麼對小黑搭話，黑豹就像要表示「我還能拚喲！」一般發出充滿元氣的吼叫聲。

7

「……回鎮上後，率先蓋個浴場吧。」

愛麗絲坐在圓木舟的座位板上無力地說道。

平常的我應該會回答「浴室等之後再說，在河裡沖水就可以了吧」，但這個時候也只能同意她的看法。坐在愛麗絲前方的亞魯戈也呢喃著：「浴室嗎，不錯喲。」而小黑同樣有氣無力地發出「嘎嗚……」的虛弱吼叫。

瀑布後方洞窟（暫稱）的魔王怪物是巨大水蛭。專有名稱【Stinking snail】。亞魯戈大姊姊說stinking有「散發惡臭」「不愉快的」等意思。正如牠的名稱所顯示，全長達三公尺的大水蛭會從嘴裡吐出大量臭到極點的黏液，在ＨＰ減少之前精神力就遭到削弱了。

當然臭氣沖天的黏液不只是味道難聞而已，它還帶有「ＭＰ持續減少」「視覺異常」「冷卻時間增加」等三種類的阻礙效果。而且戰場是圓頂狀的地底湖，水蛭以很快的速度在天花板爬行，我們被迫進行用圓木舟追逐然後以跳躍型劍技來攻擊的煩人戰鬥。

由於水蛭的物理攻擊力本身相當低，途中就放棄躲避黏液，硬撐著以劍技把牠幹掉，但結束時全身已經沾滿黏液，也無法對升級感到開心。明明立刻衝進地底湖將黏液全部洗掉，但是感覺還殘留著一絲氣味。

「……對了，這艘船應該有確實駛向目的地吧？」

被亞魯戈這麼一問，我便不再聞自己的身體直接看向前方。魔王房間的地底湖乍看之下是沒有出口，但水蛭死後深處的牆壁就發出「轟轟轟……」的聲音往上抬起，因此出現一條新的水路。雖然先把船往該處駛去，但是不清楚前方究竟有什麼。再加上後方傳來牆壁再次關閉的聲音，恐怕也無法回到魔王的房間了。

「艾恩葛朗特的話就有通往下一層的階梯……」

沒有想太多就這麼呢喃著，結果愛麗絲便微微歪著頭問：

「話說回來……落下的艾恩葛朗特現在不知道怎麼樣了？」

「咦？應該……跟剛落下時一樣吧？」

我跟愛麗絲雖然都沒有直接目擊浮遊城落下這超級壯觀的場面，但是據莉茲與西莉卡表示，似乎發生了與通古斯事件同樣等級的大爆炸。雖然忍不住想著「妳們兩個沒看過通古斯大爆炸吧……」，但那個時候依然殘留著登入地圖檔案權限的結衣也說了，艾恩葛朗特第一層到第二十五層已經因為落下而完全遭到破壞，所以絕對是超乎想像的大爆炸不會錯。

這件事愛麗絲也聽過了吧……我沒有直接指出這一點而是微微歪起頭，結果騎士就噘起了嘴巴。

「我也知道應該是這樣，但我想說的是可不可以進到裡面去。」

「啊……嗯，究竟如何呢……感覺到附近就能找到進入裡面的道路……──妳想去嗎？」

「嗯，是的……有件事一直令我很在意。」

「在意什麼？」

「被艾恩葛朗特落下牽連而死亡的玩家，所有人都在斯提斯遺跡裡復生了對吧。但是，在第二十五層之前的城鎮生活的居民不知道怎麼樣了。」

「…………！」

我猛烈地吸了一口氣。

新生艾恩葛朗特確實存在許多居民──NPC。第一層到第二十五層因為爆炸而灰飛煙滅時，他們究竟怎麼樣了呢？ALO的NPC們原則上具備無敵屬性，所以不會像玩家那樣受到傷害而死亡才對，但也沒聽說過被轉移到遺跡去了。而且也可能跟Unital ring世界的NPC──像帕特魯族與巴辛族那樣，變得不再具備無敵屬性。

「……亞魯戈，妳知道艾恩葛朗特的NPC怎麼樣了嗎？」

「哎呀，我也沒有調查得那麼詳細呀……」

聽見情報販子的回答，愛麗絲的表情就變得更加險峻。

現在的愛麗絲，腦袋裡應該理解VRMMO的NPC是什麼樣的存在才對，但是感情上似乎還是很難做出區別。其實也難怪她會這樣。Underworld的居民雖然跟我們人類一樣擁有靈魂——搖光，但存在上還是跟NPC有重疊的部分。就我來說，也同樣不願意把沒有經過AI化的定型應答NPC當成單純的活動物件。

「……回到森林之後，找時間去確認一下艾恩葛朗特的狀況吧。」

如此呢喃完，愛麗絲就瞄了我一眼並默默點頭。

圓木舟在唯一一條水路上靜靜地航行。雖然打開地圖畫面，但是迷宮內無法顯示世界地圖，所以無法得知目前位置在哪邊附近。但是從方向來看，至少不是遠離賽魯耶提利歐大森林才對……我如此對自己說道並移動至道具欄。

「啊……話說回來，從剛才的水蛭身上掉下魔晶石了。」

我一這麼說，亞魯戈就瞬間回過頭來。

「真的嗎，桐仔？但那個傢伙沒有使用魔法吧。」

「只有會使用魔法的怪物才會掉落魔晶石，這種想法不就是所謂玩家的常識嗎？」

「唔咕……」

亞魯戈雖然露出被擺了一道的表情，但是立刻咧嘴笑著說：

「那麼，出現什麼魔晶石了？」

「我看看……」

我把道具欄的排序換成入手時間，在上部並排的水蛭肉體素材的下方找到目標的物品。

「……說是『腐之魔晶石』。」

「腐？腐是什麼啊？」

面對露出疑惑表情的愛麗絲，我直接從字面上開始說明。

「腐壞的腐。」

「……那麼說，也就是腐屬性魔法的魔晶石……？」

「應該……是吧。愛麗絲，妳要吃嗎？」

「不用了。」

我把視線從立刻回答的騎士大人移到情報販子身上。

「亞魯戈呢？」

「不用喲。」

「……」

心裡雖然想著「搞什麼嘛」，但把話說出口似乎會引起不妙的發展，於是我便準備關上道具欄。但是在那之前，亞魯戈就開口說：

「話說回來……桐仔，我記得柳樹的妖怪好像也出現了魔晶石般的東西吧？」

「咦？啊……噢，對喔。」

記得Vengeful wraith爆散後，我曾跑上柳樹樹幹抓住出現的藍色光芒。把清單往下捲動後，在洞窟獲得的大量素材道具以及從遺跡買來的食物底下——

「喔……喔喔，這次似乎中大獎了！是『冰之魔晶石』。」

「哇，很不錯嘛。立刻學習看看吧。」

「咦……我學嗎？」

交互看了亞魯戈與愛麗絲一眼，結果兩個人都輕輕點頭。

想著既然如此的我隨即準備將魔晶石實體化，但手指在最後一刻停了下來。

「……不，還是算了吧。」

「為什麼呢？」

面對露出疑問表情的愛麗絲，我考慮了一下才回答：

「哎呀，我的能力是『剛力』技能樹嘛。魔法技能果然還是要讓取得『才智』的人學習才對。」

這確實是我的想法，但是並非全部的理由。這時影響我的並不是理論，而是感情上認為自己不適合冰屬性魔法。冰魔法——不對，凍素術是已經喪生的好友最擅長的技巧。我無論再怎麼努力都只能做出五個凍素，他卻能用雙手創造出七八個來。

像是察覺到我的感傷一樣，愛麗絲微笑著表示：

「原來如此，那麼在找到適合的人選之前，就先把冰之魔晶石保存下來吧。」

「就這麼辦吧。」

當我準備關上視窗時，亞魯戈再次出聲表示：

「那你就學學看腐屬性魔法啊。」

「咦咦咦……不要啦，如果是暗屬性就可以……」

「現在是可以讓你選擇的狀況嗎？如此一來就能夠活用派不上任何用場的ＭＰ喲。」

——那妳學啊！雖然很想這麼說，但是從ＭＰ的總量來看，跟在洞窟內戰鬥與對付水蛭而上升三級來到等級11的亞魯戈比起來，等級18——我也因為水蛭戰而上升了一級——的我當然比較多。想提升魔法技能的熟練度就只能反覆使用該種魔法，所以ＭＰ較多的話當然能使用的次數也比較多。

「……知道了啦。」

下定決心後，我就將「腐之魔晶石」實體化。

出現的是直徑一．五公分左右的球體。大小跟昨天給結衣的「火之魔晶石」相同，但那顆魔晶石是宛如紅寶石般的美麗紅色，眼前這顆卻是彷彿將汙水熬煮過一般的混濁灰色。

要習得魔法技能就必須把這顆魔晶石放入嘴裡咬碎。結衣咬碎的時候從嘴裡冒出火來，這

顆石頭到底會——

「來，快點吃吧。」

即使有了「那傢伙絕對只是想看好戲！」的確信，我還是下定決心把灰色石頭放進嘴裡。舌頭傳來光滑堅硬的觸感，目前還沒有任何味道。用右側的臼齒把石頭夾住，開始一點一點用力。

最後「啪嘰」一聲傳來碎裂的感覺。豁出去的我只能直接將其咬碎。

「…………………嗚嘔噁噁噁噁噁噁！」

雖然有兩名淑女在眼前，但我還是用雙手按住嘴巴，拱起背部全力開始嘔吐。包含現實世界過去經驗在內，帶有最噁心味道與氣味的黏液充塞我的嘴巴，讓我不得不這麼做。真要比喻的話……不對，要想出什麼具體的東西的話那我真的會吐出來。

「水……水……水……」

伸出右手來發出呻吟後，亞魯戈就把裝有水井水的簡易水壺交到我手中。抓住水壺後立刻拔開栓子，拚命灌進冰冷的水。把水喝得一滴不剩之後，雖然噁心的味道還殘留在嘴裡，但好不容易擊退了突發性的嘔吐感。

「……謝……謝啦……」

道完謝後，把喝光的樹果製水壺丟了回去。同時有訊息視窗浮現在眼前。

【獲得腐魔法技能。熟練度上升為1。】

「……………」

光是看到腐這個字胃部就開始痙攣。如果剛才把黏液吐出來就無法習得魔法的話，那麼十個人當中有九個人會失敗吧。

不論如何，我成為繼結衣之後的第二個魔法師，不對，是魔法劍士了。移動到技能視窗確認詳細內容後，發現熟練度1可以使用的魔法就只有一個而已。

「我看看……『腐臭彈：發射腐臭的某種塊狀物』。某種到底是什麼啊……說起來呢，這種命名……」

我不停地抱怨著，亞魯戈則是露出強忍住爆笑的表情——實際上也確實是如此吧——開口說道：

「馬上使用看看吧。」

「笑出來的話第二發就拿來射妳。」

如此宣布完之後，我就敲打腐魔法技能的名稱，閱讀出現的Ｔｉｐｓ。根據上面所顯示，腐魔法的基本動作是將像要抓球般攤開的兩手指尖從左右互相接觸的形式。雖然立刻嘗試了一下，但是跟結衣昨天所展示的火魔法基本動作比起來——左拳按在右掌上的形式——確實感到有些微妙。

即使如此魔法還是確實發動了，雙手開始發出帶著綠色的灰色特效光。接著是「腐臭彈」的指定動作。這就很簡單了，只要把事先碰在一起的兩手往左右打開二十公分左右即可。結果雙手之間就出現跟光芒同樣顏色的橘子大小球體。表面宛如生物般蠢動的黏液，真正像是「某種腐臭的物體」。

同一時間，我的視界出現淡紫色標靶。目前雖然貼在圓木舟底部，但稍微舉起雙手標靶也跟著移動到亞魯戈臉上。看來除了我以外的兩個人看不見標靶。

一瞬間被直接發射出去的惡作劇心情所誘惑，但我還是告訴自己「你已經十八歲了喔！」並忍耐了下來。我移動標靶，瞄準左側岸邊垂下來的鐘乳石，做出握住雙手的發射動作。

隨著「咚咻！」的怪異效果音，灰色球體從我的雙手被發射出去。準確地擊中鐘乳石的中段附近，接著髒汙四處飛濺。但除此外就沒有發生任何事情，鐘乳石明明很脆弱，卻沒有出現任何裂痕。

「……看來無法期待物理攻擊力。」

亞魯戈做出冷冷的評論……

「至少可以拿來惡作劇吧？」

愛麗絲則是溫柔地安慰我。在船首躺著的小黑只像感到很麻煩般甩了甩尾巴。

即使是沒有取得才智技能樹的我，所持的MP也能連續發射三次腐臭彈魔法，所以就為了提升腐魔法技能而不停地亂射並且在陰暗的水路上前進了十五分鐘。終於前方的光景出現變化了。朦朧的藍色反射光……是月光照射到洞窟裡頭來了。

雖然很想說「終於到出口了嗎」，但感覺一旦說出口就會落空，於是便默默划動船槳。亞魯戈與愛麗絲也沉默地注視著前方。水路一點一點變窄，開始往左右蛇行，當我開始擔心這樣下去長達五公尺的圓木舟會卡在轉彎處的時候——

在沒有任何前兆之下，兩側的牆壁突然消失了。圓木舟滑行到滔滔流著的寬廣水面。是河川。

往後面看去，發現陡峭的岩壁上開了一個狹窄的縫隙。夾雜在懸崖凹凸不平的表面當中，從遠處看起來就像是一個平凡的凹陷。急忙叫出世界地圖後，發現剛好在成為迷宮入口的瀑布與賽魯耶提利歐大森林南端的中間附近。也就是說這條河是我跟愛麗絲花了好幾個小時順流而下的馬魯巴河。在這樣的前提下眺望著周圍，就發現風景有種似曾相識的感覺。

「……竟然在那種地方有入口。」

由於愛麗絲這麼呢喃，我就用力點了一下頭。

「完全沒有注意到……嗯，就算從這邊進去魔王房間的門應該也不會打開，所以只是個此路不通的洞窟。」

「連我們都無法打開嗎？」

「嗯，這個嘛……」

以遊戲來看，打倒魔王之後或許可以從後門進入，但感覺這種先入為主的觀念在Unital ring並不適用。雖然是試一下就能知道的事情，但是目前暫時不想接近洞窟了。

「哎，不論如何總算是把這艘船運到瀑布上面了。可以不用把它拆掉就算很不錯了吧。」

這麼說的亞魯戈高高舉起雙手來深呼吸。愛麗絲也很舒服般閉起眼睛，船首的小黑則是做出貓科動物特有的伸展動作。

我也暫時停下操槳的手，將肺部吸滿新鮮空氣，但是卡在喉頭的窒息感還是無法消失。在「不祥者的絞輪」解除之前，這種感覺應該都會持續存在吧。

顯示在視界右下角的時間剛好過了午夜十二點。感覺已經潛入洞窟很長一段時間，但實際上只有一個小時左右。由於圓木舟即使逆流而上時速還是有約二十公里，從這個地點的話，只要不遇上麻煩再過三十幾分鐘就能回到賽魯耶提利歐大森林了吧。

把打開的視窗切換成訊息標籤後，我就給亞絲娜打了「全員平安，預定凌晨一點前能回去」的短文，稍微想了一下後又加了一句「生日快樂」。

8

九月三十日星期三，上午七點十五分。

急行電車開始移動後，我就把身體靠到座位上並閉上眼睛。

距離自宅最近的本川越車站是西武新宿線的首站，所以即使是這個時間帶也只要稍微排一下隊就能坐到位子。平常的上學時間大多都一直站到田無，但今天實在想盡辦法要消除睡眠不足的情況。星期日傍晚發生Unital ring事件到現在很快已經過了三個晚上，但是連日一直潛行到天亮，就連我也快要到極限了。雖然不清楚事件的黑幕到底是何方神聖，但為什麼不在暑假期間就引發事件呢。這樣的話就能每天進行二十小時的練等，第三天就能抵達終點「極光指示之地」了……或許啦。

當我想著這些事情時，意識就立刻沉入睡眠的深淵當中。但是不知道為什麼在完全昏睡前就撐住了。我想大概有兩個理由。第一個是擔心用雙手抱住的細長手提袋會掉落，以及魔術師姆塔席娜把長杖插到地面時的尖銳聲音一直迴盪在耳邊的緣故。

結果昨天……不對，在今天早上四點登出之前，那個女的都沒有發動窒息魔法。當然也有可能姆塔席娜所謂發動範圍無限的說明只是幌子，魔法無法影響與斯提斯遺跡的直線距離達二十五公里的我，但這應該只是我的一廂情願吧。既然是能將如此強大的詛咒同時加諸於一百人身上的規格外法術，不論天涯海角都能發揮效果也不是什麼不可思議的事。

即使是在深夜，伙伴們依然溫暖地迎接了昨天晚上順利抵達城鎮的我、愛麗絲、小黑以及亞魯戈。令我驚訝的是，除了帕特魯族之外，還多了十名巴辛族人。

比我跟愛麗絲晚了一些出發的莉茲貝特、結衣與亞絲娜三個人，雖然碰上了一些麻煩——被巨大鞭蛛型練功區魔王追逐、掉進巨大蟻獅巢穴——但還是不到兩個小時就成功直向跨越了基幽魯平原東南部。

一抵達巴辛族的野營地就獻上帶過去的野牛肉乾，對方感到高興不已時就立刻開始交涉移居。亞絲娜她們老實地說出城鎮並非絕對安全，結果野營地領袖——名為伊賽魯瑪的女戰士就表示「展現足以保護城鎮與居民的實力吧」並且提出拿劍決鬥的要求。

這個時候三個人的等級分別是莉茲貝特12、結衣11、亞絲娜10。而且亞絲娜與結衣取得的是才智技能樹，並不適合近身戰。但當莉茲準備站起來時亞絲娜就按住她的肩膀，然後主動表示「讓我來吧」。

武器雖然是莉茲貝特所打造的「高級鐵製細劍」，但防具只有跟結衣同樣的輕量胸鎧與護手護腳。伊賽魯瑪隊長雖然只有胸部與腰部穿著皮鎧，但她比亞絲娜高出一個頭而且滿身肌肉，武器是像把劍與斧綜合在一起般的超厚實彎刀。看見隨便一個互擊就可能會折斷的修長細劍，伊賽魯瑪以及其他巴辛族戰士似乎都認為亞絲娜是鎚矛使莉茲貝特出戰前的墊檔角色。

但是亞絲娜光是用腳步就將伊賽魯瑪的猛烈攻擊全數躲開，當對手失去平衡的瞬間就使出細劍二連擊「平行刺擊」，兩道攻擊全部擊中彎刀重心把它給彈飛了出去。伊賽魯瑪認輸並且當場指名下一任隊長，接著自願移居賽魯耶提利歐大森林。

看見伊賽魯瑪要移居後連續有九名巴辛族站起來表示願意跟隨，總共變成十三人的亞絲娜一行就這樣擊潰鞭蛛與蟻獅，在二十三點時回到森林裡的城鎮。也就是我們比他們晚了將近兩個小時，不過亞絲娜卻笑著表示，把西區分配給巴辛族居住，並且製造所需的家具，所以時間一下就過去了。

擔心的是巴辛族會不會把小黑與米夏當成獵物，不過對巴辛族來說，豢養熊與豹的人在勇者的地位上似乎更高於狩獵牠們的人。然後豢養熊的人等級當然高於豢養豹的人，所以對於巴辛族來說，這個城鎮地位最高者是西莉卡。我當然對於這一點沒有異議。

舉辦簡單的歡迎會之後，只有自己這幾個伙伴在圓木屋的客廳裡聚集，再次開始會議。得知新加入者是撰寫「亞魯戈的攻略冊」的那個亞魯戈後，克萊因與艾基爾都大吃一驚，但是已經沒有多餘的時間閒聊往事。因為必須盡快討論姆塔席娜的威脅才行。

就連克萊因在聽見暗魔法「不祥者之絞輪」的強大威力，以及百人的軍隊快的話明天夜裡就要對這個城鎮發動總攻擊的情報後也不得不沉默了一陣子。但是已經沒有放棄城鎮直接逃走的選項，這就是伙伴們共同的意見。對方要攻過來的話，也只能加以迎擊了。

稍微對我們有利的，是之前那個瀑布後方洞窟的入口被我用岩石偽裝擋住了，所以所有敵人都擁有鐵製武裝的可能性比較低，霍格、迪柯斯、茲布羅的集團——也就是大部分的敵人都是遭受姆塔席娜威脅所以士氣不高，但是人數上還是有壓倒性的差距。巴辛族十人與帕特魯族二十人，再加上亞魯戈後我方總共是四十一人以及四隻寵物。就算把米夏與畢娜當成五個人，小黑與阿蜥各當成兩個人，總共也只有五十人，算起來只有敵人的一半。必須得下一番工夫才能彌補這戰力上的差距。

持續到凌晨兩點的會議雖然提出了許多點子，但是全部欠缺實效性與實現性，所以變成到今天晚上為止的回家作業。不過之前的會議所提出的回家作業，也就是取代「桐人鎮」的名字方面，莉法有了相當明智的提案。

其名稱為「拉斯納利歐」。原本是於凱爾特神話當中一名國王的城堡，似乎是像森林裡的城鎮那樣被圓形牆壁圍住。我們的城鎮裡雖然沒有國王，但是沒有人提出異議——應該說所有人立刻就贊成了，因此它便成為正式名稱。是拉斯納利歐會成為真正的城市，還是短短三天就廢墟化呢，明天晚上的戰役就將決定一切。

會議期間亞魯戈之所以不停偷瞄著我，應該是為了表明希望我跟大家坦承遭受姆塔席娜魔法攻擊的意思吧，但是我還是到最後都沒能說出口。說出來的話所有人都會擔心、發怒，然後把解開魔法作為最優先的課題吧。但是我卻有一個不祥的確信，就是只有殺掉姆塔席娜並把她的法杖折斷才能夠破除這個詛咒。不能夠浪費大家寶貴的時間。現在是讓所有伙伴盡量提升等級與技能熟練度，並且鞏固城鎮防禦的時候。

會議結束後來到我身邊的亞魯戈，以傻眼的口氣對我呢喃了一句「這個固執的傢伙」，但似乎還是尊重我的判斷，加了一句「嗯，我也會盡量完成自己的工作喲」後就回到亞絲娜他們身邊去了。

我承認自己確實相當固執，但也不是沒有根據就判斷無法破解法術。在會議裡詳細說明「絞輪」時，結衣就以很難看的臉色說了，魔法的規模實在太大而且效果也太強了。

就算姆塔席娜是從ALO繼承了暗魔法技能，緩衝期間結束後熟練度應該也降到100了才對。在那種狀態下能使用的魔法，以單手劍劍技來比喻的話應該要跟三連擊「銳爪」同等才行。但是「不祥者之絞輪」應該是威力超越了最高級劍技的十連擊「新星升天」——不對，是不存在於ALO的最高級二刀流劍技，二十七連擊「光環連旋擊」的超大魔法——

結衣的話讓所有人都只能保持沉默，姆塔席娜絕對是使用了熟練度1000等級的魔法。如此一來解咒也需要同等級的魔法，或者是同等級的稀有道具吧。至少在知道姆塔席娜為什麼可以使用這種魔法的理由前，都不應該執著於解咒這件事情上。

當打著瞌睡的我想到這裡時，急行電車很快地滑進了花小金井車站。必須在下一站田無車站換成各站停車的列車才行。雖然終究無法熟睡，但是到學校後應該可以睡個二十分鐘左右。

重新抱好大腿上書包上方的紙袋，做好從舒適座位上起身的心理準備。

電車通過平緩的彎道後，朝陽從背後的窗戶照射進來炙烤著我的脖子。造成到黎明為止都還在降雨的雲朵從東邊的天空中消失，看來今天會是好天氣。

好不容易才在沒有打瞌睡的情況下撐過上午課程的我，跟昨天一樣趕往鄰接圖書館的綠地——「祕密庭園」。左手拿著從餐廳買來的輕食袋，右手則是印有百貨公司標誌的手提袋。

穿越樹籬掩蓋住的狹窄縫隙後，清爽的植物香氣就刺激著鼻腔。草地幾乎都乾了，不過樹梢全部呈翠綠色，似乎可以聽見從根部大量吸取的雨水流經導管的聲音。

我在進入綠地一步的地方停下來，著迷地看著小山丘中央並排聳立著兩棵常綠大樹——臺灣合歡樹與檀樹底下背對著這邊的女學生。

從樹葉縫隙透下的黃綠色光線，讓她的長髮發出閃爍的光芒。明明穿著歸還者學校的制服，卻宛如奇幻世界居民一般……讓人忍不住產生再靠過去的話她將會消失不見的想法。

像是感覺到呆立現場的我一樣，女學生輕輕轉過頭來。

往這邊看後一瞬間露出微笑，不過立刻就做出鬧彆扭的表情。我急忙跑了過去，結果對方就別過頭去表示：

「真是的，為什麼桐人老是在後面默默地看著我呢？」

「咦咦，沒有老是這樣吧……」

「打從一開始就是這樣了。」

「一……開始是……？」

「艾恩葛朗特第一層的迷宮區裡，我在跟狗頭人戰鬥時，你就在暗處偷偷看著我了吧。」

沒想到現在才提出將近四年前的往事，我只能露出苦笑並提出抗辯。

「因為又不能阻礙妳戰鬥……等妳戰鬥結束後，我不是確實跟妳搭話了嗎？」

「不過第一句話是『剛才過度攻擊的程度也太誇張了吧』。老實說，第一印象是介於『怪人』跟『危險人物』之間喔。」

「啊，好過分……我可是認真地替亞絲娜著想耶……」

我剛這麼回答的瞬間，對方就忍不住噗哧一笑。受到影響的我也跟著笑了起來，當時在戰鬥結束前都沒有對她搭話，其實是因為看得入迷了。亞絲娜那宛若流星般貫穿黑暗的劍技，實在太過美麗。

笑了一陣子後，亞絲娜突然張開雙臂緊緊抱住我。

「其實你跟我搭話，我還是覺得有點高興喔。因為讓我明白了這個世界仍然有能夠關心他人的玩家。」

「…………」

想不出該如何回答的我，覺得至少應該回抱住對方，但是雙手都拿著東西，於是只能作罷。沒辦法的情況下只能用自己的頭去碰亞絲娜的頭，想藉此來直接傳達心情。雖然不清楚是不是成功了，但幾秒鐘後輕輕離開的亞絲娜，臉上浮現平時的和緩笑容並且表示：

「好了，來吃午餐吧。抱歉讓你幫忙跑腿。」

「沒關係啦，因為今天是亞絲娜的……」

話說到一半，亞絲娜就以食指擋住了我的嘴巴。

「這個我想等飯後才聽。」

「……了解。」

點點頭後改用左手拿著兩個袋子，接著從制服口袋拿出塑膠布來鋪在草地上。先把細長型手提袋挪到背後，然後拿出餐廳買來的潛艇堡與果菜汁。昨天的午餐雖然也是潛艇堡，但是每天都會有不同的菜色登場所以吃不膩。

「來，這是亞絲娜的尼斯沙拉。」

「謝謝，桐人的是什麼口味？」

「戈爾根朱勒乳酪跟番茄乾。」

「咦，那看起來也很美味。嗳，我們一人一半吧。」

「是可以啦……」

雖然點頭，但是無法用手漂亮地撕開烤得酥脆的潛艇堡，而且也覺得把我吃一半的交給她不太好……當我這麼想時，亞絲娜就從裙子左邊口袋裡拿出銀色物體。是掛了兩根鑰匙的鑰匙圈——不對，是小小的多功能瑞士刀。拉出長五公分左右的刀刃後就反向把它遞給我。

「來，用這個加油吧！」

「…………是……是可以啦……」

雖然接過小刀，但我忍不住再次看向亞絲娜的臉。

「……妳身上一直都帶著這個嗎？」

「是啊。」

「為什麼呢……要是被警員盤查會很麻煩喔。」

「女高中生才不會被盤查呢。」

正當我想著「是這樣嗎～」時，亞絲娜突然間正色表示：

「我決定了。下次絕對要保護桐人。」

「咦…………？」

經過暫時的疑惑之後，我才終於了解這句話的意思。大約三個月前，我在亞絲娜眼前被P

K公會「微笑棺木」的殘黨強尼．布萊克，也就是金本敦注射了大量的肌肉鬆弛劑，之後便陷入心肺停止狀態。只要站在亞絲娜的立場，就能清楚知道她感到多麼地不安與恐懼。那種情況下，我也會在內心發誓絕對不讓這種事情再次發生吧。但是——

「……別擔心啦。沙薩和強尼．布萊克都被逮捕了，已經沒有想報復我的傢伙了。」

就算是為了保護我，也不希望亞絲娜身邊隨時帶著小刀，我為了傳達這個意思而如此表示，但亞絲娜的表情還是沒有改變。

「或許吧，但是我絕對不想後悔了。」

聽到她如此堅定的口氣，我現在也只能先點頭了。

「…………這樣啊。」

我看了一下右手的小刀，以摺疊好的包裝紙代替砧板，然後把刀刃靠到潛艇堡正中央。雖是五公分左右的玩具般刀刃但卻非常鋒利，稍微一用力堅硬的法國麵包就立刻遭到切斷。很輕鬆就將第一個潛艇堡分為兩半後，我開始準備切第二個。

「……切好嘍。」

重新包好切成一半的尼斯沙拉潛艇堡與番茄起司潛艇堡來交給對方，亞絲娜說了句「謝謝」就收下了。以衛生紙仔細將刀刃擦乾淨後就把刀子摺疊起來並且也把它還回去。

兩種口味的潛艇堡都很美味，讓人覺得互相交換是正確的決定，但是心底深處卻持續被小石頭般的不安盤據。微笑棺木還有我不知道的餘黨，那傢伙襲擊過來時亞絲娜用小刀反擊的話，就有可能因為過度防衛而遭逮捕。當然我不認為自己或亞絲娜受傷也沒關係。但是也不覺得讓亞絲娜隨身攜帶武器是最佳的手段。

如此一來，是我應該貼身攜帶小刀嗎？不——一定還有什麼更好的方法才對。

當我思考著各種可能性並且默默咀嚼著麵包，亞絲娜突然間呢喃：

「……抱歉，讓你感到不安。」

「啊……沒有啦，是我讓妳感到不安才對。誰教我差點在亞絲娜面前喪命……我自己才應該好好地戒備才行。」

「別這麼說，其實我腦袋裡也知道是自己想太多了。隨身帶著這種東西真的是哪根筋不對了。但是……桐人從ＳＡＯ時代就吸引了許多人……有好人，也有壞人……」

雖然很想立刻說出「沒這回事喔」來否定，但是卻辦不到。微笑棺木的傢伙是在攻略艾恩葛朗特的極為初期，也就是還在第三層左右時就試著要殺害我了。

現在想起來，被轉移到Unital ring之後，首日的摩庫立一行人、第二天的修魯茲一行人，以及昨天夜裡的姆塔席娜都叫出了我的名字。國中時期在班上是完全不受矚目的類型，到底是在什麼地方走錯了路呢？

但是事到如今也無法改名了。亞絲娜感到不安的話，我的任務就是想辦法消除她的疑慮。

「……我也會更加注意自己的安全。然後也會試著跟菊岡先生商量有沒有什麼確保安全的方法。」

結果亞絲娜在用右手拿著最後一塊潛艇堡的情況下皺起眉頭。

「我把那個人分類在好人與壞人之間喔。」

「啊，嗯……或許是這樣吧。」

我一本正經地點點頭後，亞絲娜就發出輕笑。

兩個人同時吃完潛艇堡並把果菜汁喝光之後，我們就迅速收拾垃圾然後再次坐到塑膠布上來抬頭看著天空。

湛藍的天空雖然還殘留著夏日的氣息，但是待在這片綠地卻很不可思議地不覺得悶熱。四周圍明明被建築物與樹籬圍住，卻還是有舒服的風吹拂來晃動著亞絲娜的髮梢。到底是誰在整理的呢……雖然已經思考過這個問題十次左右，但還是不曾在此看見過其他學生或者教職員。

頭上臺灣合歡樹與檀樹樹葉的沙沙摩擦聲聽起來十分悅耳。以成長的狀態來看是檀樹略為雄偉，但亞絲娜表示它是半寄生植物，是從地底下旁邊合歡樹的根吸取水與養分。這對於合歡樹來說真是天大的災難，但是樹當然不會說話，只是迎風搖動著樹梢。

我從亞絲娜身上得到了許多，但是到底回饋給她什麼了嗎？把這樣的想法從腦袋裡趕出來，改變身體的方向後就筆直看著身旁的亞絲娜。

「……生日快樂，亞絲娜。」

灌注渾身的感情這麼說完，亞絲娜就像在體會這句話一樣好一陣子只是靜靜地望著我，最後才用溫柔的聲音回答：

「謝謝你，桐人。」

雙方的頭同時靠近並且交換了短暫的吻。雖然是在校地之內，但在「祕密庭園」的話一定沒問題才對。

「其實呢……」

亞絲娜在臉部依然放在我右肩上的情況下細語著：

「其實呢，去年生日的時候我有點不開心。因為只有這個星期會變得跟桐人差兩歲。」

「咦……妳在意這種事情嗎？」

「這可是大問題喔……不過，因為Underworld的事件，桐人的精神年齡已經超過我了對吧？」

聽她這麼一說，確實是這樣。我在時間經過加速的Underworld度過了兩年的時間，但現實世界裡只不過是不到一個星期的事情。現在我的精神幾乎已經是二十歲，變得比亞絲娜年長

——但是完全沒有這種真實感。

「這樣啊……那麼今天就會被亞絲娜追上一歲了嗎？」

「就當成是這樣吧。嗯，下週桐人生日的時候，我還是會說十八歲生日快樂就是了。」

「拜託妳這麼說吧。」

兩個人出聲笑了起來。

在笑聲止歇時，我就把移動到背後的手提袋拉過來，雙手撐住底部來遞給亞絲娜。

「那個……這是禮物。」

拚命忍耐住加上一句「不是什麼昂貴的東西，但又不知道該送什麼才好」的衝動，結果亞絲娜就露出閃亮的笑容並且接過禮物。

「謝謝你，桐人。可以打開嗎？」

「嗯……嗯，請吧。」

亞絲娜仔細地打開封住手提袋的貼紙並且窺看內容物。微微歪了一下頭，然後先把袋子放下到塑膠布上才靜靜將雙手伸進去。

取出來的是綁著紅色緞帶的細長包裹。打開黏住上部的膠帶後，不織布就像花瓣一樣打開，露出了裡面的物品。那是種在白色花盆裡，高二十公分左右的樹苗。從纖細樹幹底下長出幾枚具鋸齒狀特徵的葉子。

亞絲娜溫柔地撫摸一片葉子並且說道：

「這是糖楓的樹苗吧！」

「呃，嗯……妳一看就知道了呢。」

「那是當然了，因為是我們的回憶啊……我好高興，謝謝你，桐人。」

如此呢喃完，她就再次抱緊我。以雙臂環抱她纖細的身軀，遙遠過去的情景就再次鮮明地復甦。

亞絲娜雖然說是充滿回憶的樹，但我們的記憶裡不是樹木而是經過加工的模樣。存在於舊艾恩葛朗特第二十二層的初代「森林之家」，放置於其原木平臺上的搖椅。它的素材就是Maple，也就是楓樹。

由名為馬霍克爾的木匠所幫忙製作的那張搖椅，是我們短短兩星期就結束的婚姻生活的象徵般存在。亞絲娜總是讓我先坐，然後像隻貓一樣坐到我大腿上。雖是虛擬的結婚與家具——但我們共有的時間與感情卻是真實的。

昨天亞魯戈對我說把虛擬世界跟現實世界的亞絲娜分隔開來根本沒有意義時，我就這麼想了。今年送給亞絲娜的禮物，要選擇象徵兩人過去與未來的物品——

「我們兩個人一起培育這棵樹苗，希望有一天它能長成大樹……當然，暫時得全交給亞絲娜來照顧……」

我一這麼說，依然把臉埋在我胸口的亞絲娜就傳出哽咽的聲音。

「嗯……嗯。一定會長成雄偉的大樹……回家之後，我會把它換到大的花盆…………」

但是話說到這裡就不自然地中斷。當我感到疑惑，亞絲娜就突然抬起頭來，以眼角滲著淚光的眼睛環視周圍。

「怎……怎麼了？」

「…………我有個想法……可不可以把這棵樹苗種在這裡？如此一來，就可以由我們兩個人來照顧它了。」

「啊…………」

原來如此，我這麼想著。原本打算暫時先讓亞絲娜把它作為自宅的盆栽來培育，不過直接種植在土地上，能夠盡情伸展根部與枝葉的話，楓樹樹苗也會比較開心吧。雖然必須調查將來是否可以移植，不過感覺能夠種植在這座「祕密庭園」的話那就是最佳選擇了。

「說得也是……但是，完全不清楚這片綠地是由誰管理的啊……」

我一這麼呢喃，亞絲娜也點頭表示：

「我也曾想過要調查，但是又不想因為跟別人提起而讓這裡不再是祕密園地……」

「就是說啊。目前知道這裡的就只有我們和莉茲、西莉卡還有昨天帶過來的亞魯戈而已……啊——」

我把突然浮現的點子說出口。

「那就讓亞魯戈去調查吧。那傢伙的話應該很簡單就能找出來了吧？」

「咦咦？」

瞪大眼睛的亞絲娜，嘴角立刻浮現些許苦笑。

「如果是亞魯戈小姐，感覺應該能查得到……要是被要求情報費的話，桐人會付帳吧。」

「唔……呃……嗯，先別管管理員的事情了，那棵樹苗要怎麼處理？還是我先拿回我家吧？」

「怎麼可以，我要帶回去喲。」

立刻這麼回答之後，亞絲娜就觸碰花盆裡的土來確認濕度接著重新包好，然後收進紙袋裡。這種狀態的話寬有十五公分，高是四十五公分，重量則是一公斤左右，就算是女孩子也絕對可以拿著走——只不過……

「但是，那個，今天……」

只說到這裡，亞絲娜就露出恍然大悟的表情。

我跟亞絲娜兩個人都不去上下午的課了。當然不是翹課，而是跟昨天的我一樣是去將來想進入的職場見習。昨天雖然是捏造，但今天的目的地確實是我實際想就職的公司。它是名為「海洋資源探查研究機構」的獨立行政法人……也就是「ＲＡＴＨ」。

「嗯……」

思考兩秒左右的亞絲娜，立刻就點頭表示：

「嗯，ＲＡＴＨ的空調絕對沒問題，我想把它放在那裡幾個小時應該沒關係。何況這棵楓樹樹苗充滿了元氣。」

「哇，還能知道這種事啊？」

「看葉子的色澤就知道了。是受到仔細照顧的健康樹苗喔。」

「這樣啊……」

昨天在銀座跟亞魯戈分開後，我就搜尋都內販賣糖楓樹樹苗的地點，結果找到池袋的百貨公司裡某間園藝店，於是就過去看看，發現是很有規模的店家。我想著「下次帶亞絲娜一起去……」並且表示：

「那麼，我去交涉至少回去時能夠搭計程車吧。應該說……差不多該走了。一點十五分在校門口見可以嗎？」

「了解。話說回來，我已經把書包拿來嘍。」

「咦，真的嗎？」

環視了一下，發現綠地邊緣的板凳上放著熟悉的書包。很遺憾的是我沒有那麼細心，物品都還放在教室裡面。

「……那校門口見。」

「嗯，真的很謝謝你的禮物，桐人。」

迅速對雙手抱住手提袋露出微笑的亞絲娜揮揮手後，我就小跑步離開綠地。

9

海洋資源探查研究機構——RATH是位於港區六本木巷弄裡的小型辦公大樓當中。

這裡本來是「RATH六本木分部」，本部則是遠在漂浮於南方伊豆諸島海岸上的海洋研究母船「Ocean Turtle」裡面，在那座巨大人工母船遭到國家封鎖的現在，活動主要變成以這裡為主。

在約好的兩點半對大樓一樓的對講機報上姓名，對方打開自動門後我跟亞絲娜就搭乘電梯來到五樓。走廊前方還有另一道智能鎖，經過手機與生體認證後，側移式電動門打開的那一瞬間——

「桐人、亞絲娜，歡迎你們！」

在眼前張開雙臂，以有些興奮的聲音歡迎我們的是穿著白襯衫搭配深藍色長裙的金髮碧眼女性。

「愛麗絲，好久不見！」

這麼大叫的亞絲娜跳到前面來與對方擁抱。接著我也舉起右拳來跟對方輕輕互擊。

當然我們跟整合騎士愛麗絲・辛賽西斯・薩提今天早上才剛在Unital ring分開而已。但是很少有機會像這樣在現實世界裡見面。盛大發表她是世界上首位Bottom-up型泛用人工智慧之後，愛麗絲就受到許多媒體、企業以及大學的矚目，目前持續著包含她是否為真的熱烈議論。

讓事情更加複雜的是——ＲＡＴＨ是獨立行政法人——也就是半公半私的研究機構，愛麗絲的所有權被判定屬於國家。而且聽說菊岡誠二郎隸屬的防衛省，也就是訂立Alicization計畫的單位，以及管理海洋研究母船Ocean Turtle的文部科學省，還有推動國家次世代ＡＩ戰略的總務省等相關機關正在爭奪主導權。

堅韌的菊岡與神代凜子博士便利用這種狀況來鈍化國家的行動，然後趁這段期間炒熱「ＡＩ人權」的相關討論。需要的是盡量讓更多的人了解到愛麗絲究竟有多像人類——因此愛麗絲才持續著每天參加大量活動、派對的忙碌日子。到了最近行程才終於告一段落，也才能跟我們一起在Unital ring世界冒險，不過已經有兩個星期沒在現實世界裡碰面了。

「好了，快到ＳＴＬ室去吧。」

這麼說完，愛麗絲就迅速轉身，結果就聽見細微的驅動器運轉聲。比嘉健研究主任開發的機械軀體似乎每天都不停地更新，但很遺憾的是仍未到達與真人的肉體完全相同的地步。

但是比嘉先生說將來人類將會往愛麗絲的方向靠近——然後遙遠的未來，人類與ＡＩ將成為同樣的存在，形成新的生物體「Technium」。

希望在世的時候能夠看到這一天的到來……心裡這麼想著的我追上愛麗絲與亞絲娜。

隔了兩週後再次見面的神代博士，一看見我跟亞絲娜的瞬間，果然為了菊岡的緊急委託而道歉，不過我們本來就希望再次造訪Underworld，因此她根本不需要跟我們致歉。

當然凜子小姐他們似乎也檢討了讓某名ＲＡＴＨ成員潛入Underworld偵查這樣的方法。但是考慮到目前的狀況不要說是超級帳號了，就連高等級的帳號都無法使用，而且關於人界的基本知識完全不足，所以做出由我來潛行是最佳方法的結論。雖然很感謝他們做出這樣的結論，不過老實說我也不清楚現在的人界究竟變成什麼樣子。

上次的潛行不小心出現在宇宙空間的我、亞絲娜以及愛麗絲，搭乘自稱「整合機士」的絲緹卡與羅蘭涅兩名少女所操縱的太空船（！）降落在央都聖托利亞的飛行場，接著潛入奇妙交通工具的行李箱內讓少女帶我們到羅蘭涅的家裡。但是行李箱沒有窗戶所以沒辦法好好看聖托利亞的街景，也只跟絲緹卡她們聊了一下時限就到了，從情報收集這方面來看可以說完全不及格。現在的Underworld跟現實世界的時間比率是一倍，也就是在無加速的情況下運作著，所以不會出現下次再潛入時已經又過了幾百年的情況出現，但是可以的話……

「……只有我們在潛行的時候才回復一千倍加速……」

在被帶進去的ＳＴＬ室裡，一邊脫掉上衣一邊這麼自言自語後，在附近檢查機器的神代博士就轉過頭來苦笑著說：

「這句話，我一天可以在ＲＡＴＨ的各個地方聽到五次喔。像是作業無法結束所以想加速，還有沒時間玩遊戲了所以想加速之類的。」

由於這麼說道的博士看起來也相當疲憊，我忍不住就認真地問道：

「實際上ＳＴＬ沒辦法如此使用嗎？不是在Underworld，而是隨便做一個虛擬辦公室並且潛行進去，然後使用主觀時間加速機能來進行作業之類的……」

「原理上是可行的。但是要這麼做就需要與放置在Ocean Turtle裡頭的『Main Visualizer』同等的硬體。製作一台那種機器的費用，似乎足以購買十台最新的大型電腦主機。」

——一台大型電腦主機需要多少錢呢，我放棄繼續這麼詢問的念頭。結果凜子小姐就發出輕笑並繼續說：

「但是遙遠的未來……這個嘛，經過三四十年的話，具備ＦＬＡ機能的穿戴式智能產品普及化，或許任何人都可以在加速環境裡工作與學習了喔。當然遊戲也是一樣。」

「三十年後嗎……」

二〇五六的時候我已經將近五十歲。究竟是不是還在玩ＶＲＭＭＯ呢，應該說那個時候是否還存在ＶＲＭＭＯ這種遊戲類型呢？

「能夠再早一點就太好了。可以的話大概十年後左右……」

如此回答凜子小姐，我就看向設置在STL旁邊的總統座椅。愛麗絲已經坐在那個地方，迫不及待般等著我做好準備。

「愛麗絲，桐人鎮……不對，拉斯納利歐的情況如何？」

像是預測到我會這麼問一樣，騎士大人流暢地回答：

「三十分鐘前登出的時候，狀況還很平穩。帕特魯族勤奮地耕田，巴辛族出去打獵後帶回一隻很大的鹿。他們交換作物與肉品，意外地相處得很融洽。」

「那真是太好了，我還有點擔心巴辛族會不會想把帕特魯族吃掉呢。」

以一半開玩笑一半認真的口氣這麼說完，這時出聲的不是愛麗絲，而是亞絲娜從設置在STL旁邊的屏風後面以傻眼的口氣表示：

「巴辛族的諸位似乎是以植物為主食喔。動物必須得向『神之樹』祈禱後才能出去打獵，而且一天能夠狩獵的數量似乎也有限制。」

這段話與細微的衣服摩擦聲重疊在一起。我打算只脫掉上衣就直接潛行，不過亞絲娜上次跟這次都換上了準備好的STL專用服（RATH是這麼說的，但不過是長袍式睡衣）。問她理由之後，她表示「不然制服會皺掉吧」。

「……神之樹是在基幽魯平原的那棵超大的樹嗎？」

一邊躺到STL的軟膠床上一邊這麼問，結果換好衣服的亞絲娜就從屏風後面出現並且點著頭說：

「是啊是啊。我昨天晚上看到了，山丘上並排著兩棵高一百公尺左右的猴麵包樹般樹木。那是非常雄壯的景色喔。確實會讓人想祈禱。」

「這樣啊……話說回來，詩乃交給我們的銀幣上也有兩棵樹木的浮雕嘛。那會不會就是亞絲娜看見的樹啊？」

「誰知道呢……因為我沒看過你說的銀幣……」

亞絲娜聳聳肩之後，待在另一邊的愛麗絲便表示：

「不對，那個一百耶魯銀幣上的浮雕，形狀跟現實世界的猴麵包樹不一樣。真要說的話，比較像白金櫟樹那樣的闊葉樹。」

白金櫟樹是Underworld的特有植物所以讓事情變得更加複雜，但是我了解她想說些什麼。也就是Unital ring世界裡，除了巴辛族之外也有將兩棵並排的樹視為神聖象徵的文化。今天晚上遇見詩乃之後，要重新問她究竟是在哪裡獲得那個銀幣……正當我這麼想的時候——

「嗯，機器準備好了。」

操作著平板電腦的神代凜子博士看著我跟亞絲娜這麼說道。

「各位準備得如何？」

「準備好嘍！」

我作為代表如此回答完，亞絲娜與愛麗絲也用力點了點頭。

「那麼……馬上就三點了，到了五點就跟上次一樣以動作指令來登出喔。沒有回來的話，五點十分就會強制斷線。」

「……那個，可以至少等到六點嗎？」

面對死纏爛打的我，凜子小姐堅定地搖了搖頭。

「不行，今天的目的是確認安全與否。不確認桐谷小弟和明日奈小姐能夠順利地連線，就不允許進行長時間的潛行。」

「好的～……」

「與入侵者相關的調查，等到星期六才正式開始。要參觀聖托利亞的街道是無所謂，但是不要接近中央聖堂！」

像要再次確認般叮嚀完之後，神代博士就看向愛麗絲。

「……愛麗絲，我想妳也有許多想知道的事情……但是再忍耐一下吧。總有一天會讓妳每天都盡情地潛行到Underworld。」

「嗯，我知道的，凜子。」

微笑著如此回應的愛麗絲，隨即在總統座椅上閉起眼睛。我跟亞絲娜也躺到軟膠床上，確實把頭靠到頭部靠墊的凹陷處。

「那要開始嘍。」

凜子小姐擊打平板電腦，房間的照明就調暗了。隨著沉重的驅動聲，ＳＴＬ的頭部固定器就側移過來蓋住我的頭部。

機械音逐漸遠去，開始聽見像是微風也像是拍打過來的海浪一般的不可思議聲音。機器連結我的靈魂——搖光，把它與現實世界分離。

輕飄飄又平穩的浮游感。帶著某種懷念氣息的黑暗緩緩降下。

首先可以看見光線。

極小的白色光輝變成七彩放射光並且擴大——覆蓋視界——跟著繼續擴大。

因為極度的眩目而眨了好幾次眼睛後，我才注意到自己正透過窗戶注視著太陽。把視線從巨大的拱形窗上移開，開始環視周圍。這是一間天花板相當高，牆壁與柱子上都施加了精細裝飾的中古歐洲風房間……不對，這是聖托利亞樣式。上次潛行時，羅蘭涅帶領我們來到的阿拉貝魯家客廳。足有三十張榻榻米大小的房間裡，我正坐在一張單人用沙發上。

往右側一看，發現亞絲娜與愛麗絲並肩坐在一張三人用的沙發上。兩個人都默默環視著室內。亞絲娜穿著白色基調的禮服加上珍珠色鎧甲，也就是創世神史提西亞的模樣。然後愛麗絲是藍色禮服加上黃金鎧甲的整合騎士模樣——

想著「那麼我呢」而低頭看向自己的身體。

衣襬如大衣般伸長的黑色上衣以及同色的長褲。用來蓋住釦子，名稱似乎是叫做比翼的遮布與肩章，另外白色領子與袖口還有金線繡邊。這套服裝……雖然近似上級修劍士的制服但其實並不是。這是從中央聖堂的地下監牢逃走後，擅自從武器庫裡借走的服裝。之後與數名整合騎士還有元老長裘迪魯金、最高司祭亞多米尼史特蕾達戰鬥時都穿著這套服裝，所以到最後已經破爛不堪，但是現在卻找不到一絲裂縫。

「……愛麗絲，這件衣服最後怎麼樣了？」

「啥？」

眨了好幾次眼睛後，愛麗絲才緊緊皺起眉頭說：

「嗯……把你從中央聖堂帶到盧利特村時放在行李裡面，邊從賽魯卡那邊學習裁縫邊加以縫補，參加人界守備軍時應該讓你穿上了……至於之後怎麼樣了就……」

「這樣啊……不過，完全看不出經過縫補的痕跡耶……」

「桐人，這是現在要追究的事情嗎？」

以傻眼表情這麼表示的愛麗絲，突然像是重複播放自己數秒鐘前說過的話般動著嘴巴，倏然「喀鏘！」一聲帶響著鎧甲站了起來。

「——賽魯卡！」

她叫著妹妹的名字，迅速橫越地板來到南邊的拱形窗。雙手貼在玻璃上，整個人直接無法動彈。

我跟亞絲娜面面相覷之後，同時從沙發上站起來。一移動到愛麗絲身邊，就看見剛才在陽光照耀下無法看到的東西。

街道遙遠的彼方，有一座貫穿夕陽下天空的白色大理石巨塔。

聳立在人界四帝國中心的公理教會中央聖堂——

終於再次回到Underworld的真實感湧出，讓我深深地吸了一口空氣。下意識中動著雙手，確認腰部兩側重量的源頭。

左腰是剛毅外型的黑色長劍——「夜空之劍」。

然後右腰上是優美造型的白色長劍——「藍薔薇之劍」。

將觸碰藍薔薇之劍劍鞘的右手往上移動，摸著施加在劍鍔上的小小薔薇雕刻。想著會不會感受到什麼的我，就這樣默默反覆撫摸著。但是從指尖的皮膚傳遞過來的就只有冰涼的堅硬感覺。雖然是理所當然的事，但這柄劍以前的……不對，是正當所有者，那名有著亞麻色頭髮的年輕人，其體溫已經消失得無影無蹤了。

我繼續移動指尖，握住了略細的劍柄。雖然想拔劍出鞘，但是右手卻無法繼續有動作。

藍薔薇之劍在跟亞多米尼史特蕾達的戰鬥中與尤吉歐融合成巨大的劍，以跟最高司祭的細劍同歸於盡的形式從中折斷。我在異界戰爭的尾聲從昏睡狀態醒過來時雖然以心念修復了這把劍，但現在仍然無法確定它維持著完全型態，還是再次變回破損狀態了。Underworld裡頭的心念是能以想像力覆蓋世界的規格外力量，原則上其效果不會永遠持續下去。

我唯一的好友……尤吉歐已經離開這個世界。我必須得接受這個事實才行。

但是，愛麗絲最愛的妹妹賽魯卡．滋貝魯庫就不一樣了。

雖然我本身沒有記憶，但是八月一日在現實世界醒過來之後，我就對愛麗絲這麼宣告。

——愛麗絲。妳的妹妹賽魯卡選擇了處於Deep freeze狀態來等待妳回去。現在依然在中央聖堂第八十層那座山丘上沉睡著。

如果這句話屬實，那麼賽魯卡就一直在現在看到的大理石高塔裡等著愛麗絲回歸。但是據絲緹卡與羅蘭涅所說，現在是星曆五八二年。這似乎只是人界曆改了名字，而異界戰爭是在人界曆三八〇年時爆發，所以實際上已經過了兩百年以上的歲月。這段期間，管理中央聖堂的人們會一直讓石像狀態的賽魯卡放置在裡面嗎？

根據羅蘭涅她們所表示，目前統治Underworld的不是公理教會，而是名為「星界統一會議」的行政機關。我朦朧地記得曾經聽過這個名字。

打倒闇神貝庫達，也就是加百列．米勒，和人界守備軍一起回到聖托利亞的我與亞絲娜，因緣際會之下幫助整合騎士們收拾事態。那個時候討論作為暫定新統治組織的就是「人界統一會議」……應該是這樣吧。

「亞絲娜啊……」

我為了確認亞絲娜是否有同樣的記憶而回過頭去。下一刻就因為驚嚇而僵住了。

愣住看向這邊的亞絲娜後方，房間的門稍微打開了。然後有一道小小的人影從門縫中窺看著我們。

愛麗絲與亞絲娜也立刻注意到這件事。受到三人注視的人影似乎立刻要縮回去，亞絲娜便馬上對其搭話。

「等……等一下！我們不是什麼怪人。」

不能怪對方浮現「胡說，明明很奇怪」的想法。如果人影是這座宅邸的居民，那我們就像是突然出現在屋內的違法入侵者一樣。

但不知道該不該說是亞絲娜的人望，幾秒鐘後人影再次出現在門縫後面。我們耐著性子繼續等待之後，對方便畏畏縮縮地走進室內。

來者大約八九歲，看起來應該是男孩。白襯衫加上黑色天鵝絨短褲，有著一頭剪得很整齊的黑色短髮。看起來就像是好人家的少爺……從堅毅的臉龐與髮色來看，應該是羅蘭涅的弟弟吧。

少年依序看著我、亞絲娜以及愛麗絲，點了一下頭後就以出乎意料的俐落口氣說：

「我從姊姊羅蘭涅那裡聽說過各位的事情了。我是費魯西．阿拉貝魯。初次見面。」

剛才明明想逃走，結果打招呼卻如此落落大方……內心感到佩服的我，這才發現少年纖細的雙腳正不停微微發抖。

也難怪他會害怕。雖然不清楚羅蘭涅實際上是如何說明，但我們是從過去的人界超越時空後出現於此地，跟違法入侵者比起來其實更像是幽靈。但是名為費魯西的少年卻緊握住雙手並且持續挺直背桿。

同樣是姓阿拉貝魯，過去在修劍學院擔任我隨侍劍士的女性也是這樣。平常看起來很軟弱，在緊要關頭卻又能展現驚人的勇氣，在異界戰爭時以一介學生的身分參加人界守備軍，並且照顧心神喪失的我一直到最後。

羅蘭涅與費魯西應該是她——羅妮耶的親人，說不定是直系的子孫。而羅蘭涅的同僚絲緹卡．休特里涅則是羅妮耶好友緹潔的子孫。

沒錯。羅妮耶與緹潔已經不存在於這個星界曆五八二年了。不只是她們兩個人，索爾緹莉娜學姊、阿滋利卡老師、卡利塔爺爺還有薩多雷師傅等……過去曾經幫助、指引過我的人們全都回歸搖光的根源去了。現實世界裡頭，距離我登出的時間明明只過了一個多月——

胸口被刺中般的疼痛襲擊，讓我整個人無法動彈，這時亞絲娜代替我緩緩朝著費魯西走去。與身體震動了一下的少年隔了兩公尺左右的距離並彎下腰，將視線配合他的高度說：

「你好，費魯西小弟。我是亞絲娜。那邊那個黑漆漆的人是桐人，然後那邊那個金色的人是愛麗絲。請多指教。」

「…………」

費魯西將視線移移到我身上半秒左右，然後才看向愛麗絲。藍中帶灰的眼珠整個瞪大。

「……愛麗絲……大人……」

以細微聲音如此呢喃的少年，臉上浮現強烈畏懼與崇敬的表情。看來即使經過兩百年，整合騎士愛麗絲・辛賽西斯・薩提的威名依然是響徹整個人界。據羅蘭涅所說，我跟亞絲娜到三十年前都還擔任Underworld的「星王」與「星妃」這種聽起來很誇大的職務，不過看來費魯西的知識裡面沒有我們的名字存在。我本身有七成不相信那個什麼星王之類的事情就是了。

一直凝視著黃金騎士的少年再次微微動著嘴巴。

「妳是……本人嗎？是在歷史教科書與各種傳說裡出現的，『金木樨騎士』愛麗絲大人嗎……？」

被如此詢問的愛麗絲，以有些困擾的表情回答：

「雖然不清楚該如何證明我是本人……不過我確實是愛麗絲・辛賽西斯・薩提，而這把就是『金木樨之劍』。」

愛麗絲拍了一下左腰上的長劍，費魯西的臉上瞬間開朗起來。看來跟現實世界一樣，

Underworld裡這個年紀的男孩子也很喜歡武器之類的東西。

「金木樨之劍……！好猛……不對，是太厲害了！是上古時代的真正神器對吧……一揮就能掃平山頭、消弭暴風……」

「…………」

聽見他這麼說，就連愛麗絲的臉部也開始抽搐。我親身體驗過金木樨之劍的武裝完全支配術所具備的強大威力，不過兩百多年來似乎有點被誇大了。

按捺下調侃騎士大人的衝動之後，感傷的疼痛感也逐漸變淡了。我呼一聲吐了一口氣後便對著少年問道：

「費魯西小弟啊，你剛才說真正的神器……難道這個時代不存在神器嗎？」

結果費魯西再次以僵硬的表情回答了我的問題。

「是的。整合騎士團……不是姊姊所隸屬的宇宙軍機士團，而是騎活生生飛龍的騎士團遭到封印時，聽說現存的神器也全部被封住了。」

「封印……？」

我和愛麗絲、亞絲娜面面相覷。

一個多月前，我們在這個房間裡聽絲緹卡與羅蘭涅講述現在的Underworld，由於時間有限而她們兩個人也想問我們許多問題，所以只能粗略地告訴我們最新的世界情勢與政治體制。因此我們幾乎不知道這兩百年來發生的事情，不過「封印」這兩個字總覺得聽起來帶著些許危險的氣息。

「費魯西小弟，以前的騎士團是什麼時候被封印的呢？」

面對愛麗絲的問題，少年的臉頰微微發紅並且回答：

「是的，我學到的是由人界曆切換成星界曆後立刻遭到封印……大概是一百年前吧。」

「一百年……」

如此呢喃的愛麗絲，再次看向窗戶後面的中央聖堂。

現在的Underworld，時間已經完全跟現實世界同步，所以這裡也是剛過下午三點。但是季節卻不符——理由大概是因為Underworld的曆法一個月是三十天，一年是三百六十天的關係吧——天空已經逐漸染上夕陽的顏色。室內的空氣也相當冰冷。

看見服裝最單薄的亞絲娜微微發抖，費魯西便表示：

「啊……這個房間很冷吧。我立刻開暖氣。」

——暖……暖氣？

才剛這麼想，少年就走到入口附近的牆壁，然後拉動兩根並排拉桿的其中一根。「喀咚」的聲音是來自設置在地板附近牆面的五六條橫長縫隙。接著就聽見低沉振動聲，立刻有暖空氣朝我們的腳底下流過來。反應比現實世界的空調要快多了。

「那……那是什麼樣的構造？」

愛麗絲一這麼問，費魯西一瞬間愣了一下，然後小跑步回來說：

「對喔，愛麗絲大人的時代沒有冷溫機。」

「冷……冷溫機？」

「是的。在房子的地下設置永久熱素、永久凍素、永久風素的密封罐與控制盤，藉此供給屋內冷暖氣以及溫水冷水。」

「「密封罐？」」

這時不只是愛麗絲，連我都叫了出來。凍素也就算了，把熱素密封在堅固的容器裡是很危險的行為，一個搞不好就會陷入無法控制的熱失控狀態，甚至可能引發大爆炸。

羅蘭涅她們操縱的機龍應該是利用同樣的構造來飛行吧，到底是哪個莫名其妙的傢伙開發出如此危險的東西呢——

在因為又驚訝又傻眼的心情而暫時說不出話來的我與愛麗絲身邊，亞絲娜開口說出直率的感想：

「哇——出現這麼厲害的構造啊。其他人的家裡也有嗎？」

「嗯，最近不只是貴族，一般民眾的住宅也設置了這個裝置。但是……」

費魯西稚嫩的臉上露出成熟的憂鬱表情繼續說道：

「從三年前左右開始，不只是聖托利亞市，每個大都市都出現空間力供給不足的問題。因為不只是住宅與商店，連在街上跑的機車與機連車都使用密封罐。」

「……機車和機連車……」

我和愛麗絲再次面面相覷。上次從飛行場帶我們到阿拉貝魯家來時曾經搭乘過沒有馬的馬車般交通工具，那應該就是所謂的機車了吧。熱素是八種素因裡面最消耗空間神聖力的一種，在大都市圈毫無限制地使用的話，資源會枯竭也是理所當然的事。

沒想到Underworld也面臨資源枯竭的問題……我一邊嘆息一邊豎起耳朵聽著從空調裝置發出的細微低吼，結果突然又注意到完全聽不見其他聲音。

「費魯西啊，羅蘭涅與其他家人不在家嗎？」

雖然立刻就省略掉「小弟」兩個字，但少年似乎完全不在意，直接點頭表示：

「是的，姊姊當然是到宇宙軍基地去執勤了，母親也在基地，父親則是在北聖托利亞行政府工作……啊，不過……」

費魯西打開門，迅速拍了兩下手，不久後走廊上就傳來「恰恰」的聲音。數秒後，一個巨大的灰色塊狀物衝進客廳，我、亞絲娜以及愛麗絲都嚇得上半身往後仰。

應該……不是羊而是一隻狗，不過是現實世界未曾見過的品種。以一句話來形容的話，就是有毛茸茸捲毛的阿富汗獵狗。臉龐相當修長，兩耳旁邊的裝飾毛就像是捲髮一樣，讓人聯想到中世紀歐洲的貴族。應該說很像是某個人物……這麼想之後，才發現是小學音樂教室裡面的約翰・塞巴斯蒂安・巴哈的肖像畫。

灰色大型犬在費魯西旁邊擺齊前腳後坐了下來，然後以圓滾滾的眼睛望著我們。費魯西一邊撫摸著牠的脖子一邊說：

「牠是『貝魯』，是在威斯達拉斯出生的布魯哈捲毛種。雖然年紀比我還大，不過是我最好的朋友。」

像是了解費魯西說的話一般，捲毛犬發出「汪！」的叫聲。下一刻，亞絲娜就在胸前緊握雙手並且叫道：

「哇啊……好大喔！我可以摸牠嗎？」

「請……請吧。」

費魯西這麼回答時，亞絲娜已經開始移動。或許是為了不威嚇到犬隻吧，她壓低姿勢從側面接近。最後跟狗面對同一個方向，以溫柔的聲音對牠搭話：

「你好，貝魯。我是亞絲娜喔。」

「汪呼……」

從這樣的回答裡感覺不到敵意。亞絲娜先確實讓牠聞了聞手的味道後，才靜靜地搔著貝魯的右耳後方。由於狗看起來感到很舒服，所以她的動作逐漸大了起來。

「……亞絲娜真的很喜歡狗呢。」

由於旁邊的愛麗絲這麼呢喃，我也輕輕點頭回應。

「原本以為僅限小型犬，看來大狗她也沒問題。」

「讓人很好奇，要是看見犬型神獸，不知道她會出現什麼樣的反應。」

「咦……Underworld有那種東西嗎？」

「是很久以前的事情了——倒是……」

愛麗絲更加壓低聲音，說出了出乎意料的發言。

「你不覺得有點奇怪嗎？既然姊姊和雙親出去工作了，那麼今天應該不是安息日。但是這個年紀的孩子，為什麼沒到學校去呢？」

「咦……？只是因為早就放學了吧？」

「現在才三點十五分喔。」

愛麗絲如此說道，順著她的視線看去，發現牆壁上掛著外型沉穩的傳統時鐘。我剛登入時的Underworld，設置在村鎮的「時鐘」每個小時整點與三十分演奏的音樂是唯一可以知道時間的手段。不知道多少次想著「如果有掛鐘」就好了，看來這兩百年期間有人開發出掛鐘了。

不論如何，金色指針顯示的現在時刻確實是三點十五分。雖然不清楚這個世界的小學放學的詳細時間，但是聽愛麗絲這麼一說也確實覺得有點太早了。

「……愛麗絲，直接問問看吧。」

「……你去問不就得了？」

「提議的人是妳耶？」

「我只是說覺得有點奇怪而已。」

當我和騎士大人進行著沒有這種營養的對話時——

「話說回來，費魯西小弟。現在已經放學了嗎？」

聽見兩手不停撫摸著貝魯脖子的亞絲娜直接開口這麼問，我跟愛麗絲就同時看向那邊。

費魯西的藍灰色眼睛一瞬間瞪大，接著迅速低下頭。但是亞絲娜的表情與氣息沒有絲毫改變，只是一直等待著少年的回答。那種不用言語或是動作，光是存在感就能接受、包容一切的氣場正是亞絲娜的真正價值。

費魯西稍微抬起低著的頭來看向亞絲娜。貝魯伸長脖子，用舌頭舔著飼主的手。像是被牠這樣的行動鼓勵一般，少年開口表示：

「其實……我已經將近三個月沒有去學校了。」

環境問題之後是教育問題嗎！心裡雖然這麼想，但是當然不會如此調侃對方。因為不論是在現實世界還是Underworld，這個年紀的孩子無法去學校上課一定都是極為深刻的問題。

亞絲娜依然帶著些許笑容，點了一下頭才繼續問：

「這樣啊——費魯西是幾年級的學生？」

「……北聖托利亞幼年學校初等部的三年級。」

也就是說，正如他的外表一樣大約是八九歲。說話方式雖然成熟，但是內心依然是個小孩子才對。這樣的孩子長達三個月都沒有去上學，由於從羅蘭涅的樣子看起來家庭實在不像有問題，那麼理由果然是因為霸凌嗎？這個時代依然殘留著上級貴族在兩百年前讓我跟尤吉歐感到厭惡的騷擾行為嗎？

根據事態，甚至不惜衝到幼年學校去懲罰霸凌的小孩子……下定這種決心的我，等待著費魯西繼續把話說下去。

費魯西摸了一陣子貝魯的脖子，先看了一下保持沉默的亞絲娜，接著看向站在窗邊的愛麗絲之後，才以感覺得出深刻煩惱的聲音表示：

「我沒有去學校是因為……劍實在太差勁了。」

無法立刻理解劍代表什麼意思，我只能不停地眨眼睛。亞絲娜與愛麗絲一瞬間似乎也感到困惑，最後亞絲娜就輕輕觸碰左腰的細劍——記得專有名稱是「燦爛之光」的GM裝備——並且進行確認。

「你說的劍……是這種劍？幼年學校會用劍嗎？」

結果這次換費魯西露出吃驚的表情。

「那是當然嘍。劍術是體育課最重要的科目。想進入聖托利亞修劍學院就讀的學生，劍術一定得有好的成績才行。」

「…………！」

我猛然吸了一口氣後，朝費魯西靠近一步然後問道：

「整合騎士團已經消失了，修劍學院卻依然存在嗎？在五區的森林裡面？」

結果原本露出些許怯懦表情的少年這時也展現驚訝的模樣。

「您是……桐人先生吧？聽姊姊說您是來自異界的人，竟然知道修劍學院嗎？」

上次潛行時，不斷跟絲緹卡與羅蘭涅強調自己不是什麼「星王」這種誇張職位的傢伙，只不過是個普通的異界人，所以她似乎對弟弟也是如此說明。雖然費魯西對於異界的看法也令人在意，但我還是決定之後再追究這一點，於是輕挺起胸膛來說：

「那是當然了。我是那裡的畢業生啊。」

才剛說完就浮現糟糕了的想法。實際上，我和尤吉歐剛升為上級修劍士的五月就犯下違反禁忌目錄的罪，途中就遭到學院退學了。幸好現場知道這件事情的只有一個人……

「咳咳……」

由於愛麗絲發出刻意的咳嗽聲，嚇了一跳的我再次縮起脖子。為了逮捕並帶走退學的我們而現身的整合騎士，正是愛麗絲．辛賽西斯．薩提本人。但是現在訂正的話，費魯西好不容易才上升的信賴度將會急遽下降，所以我便裝出沒聽見的表情無視她的反應。

幸好費魯西似乎沒從剛才的對話裡聽出什麼，只見他表情一亮並且大叫：

「咦，畢業生……？明明是異界的人，您是如何入學的呢？」

「在薩卡利亞獲得推薦函，然後接受入學考試。因為不擅長神聖術，一年級時相當辛苦，但是二年級時我可是上級修劍士排名第六的喔。」

這不是謊話。修劍學院依然存在的話，就算是兩百年後的現在，只要去確認學籍的話，應該可以找到我排名第六而尤吉歐排名第五的紀錄。

聽見我自賣自誇的費魯西，在他胸前緊握住小小的雙手，身體還不停地發抖。

「上級修劍士排名第六……？太……太厲害了……不愧是愛麗絲大人的隨從！」

「哎呀，也沒有那麼誇…………嗯……嗯嗯？」

看見對費魯西發言後半部感到愕然的我，亞絲娜與愛麗絲同時噗哧一聲笑了出來。

看來羅蘭涅似乎對弟弟說明，異界人桐人是整合騎士愛麗絲的隨從。關於這一點，其實仔細一想就覺得也難怪她會這麼認為。不是星王與星王妃回歸的話，為什麼會出現在Underworld呢，遭到她們如此逼問，迫不得已只好回答是為了擔任愛麗絲的護衛。就算護衛這個詞不知道在什麼地方被羅蘭涅替換成隨從，責任也不是在羅蘭涅而是在我身上。因此我便樂於接受愛麗絲隨從的身分，同時對著費魯西搭話道：

「想進入修劍學院就讀確實需要劍的技術，但你還只是初等部的三年級學生吧？入學考是中等部畢業之後，還有六年以上的時間不是嗎？這段期間一定可以有所成長，現在不需要如此鑽牛角尖喔。」

結果依然把手放在愛犬脖子上的費魯西，臉上滲出不符合他年紀的憂愁笑容並且緩緩搖了搖頭。

「……姊姊和父母親也是這麼說的。但是……我被劍與大地之神提拉利亞捨棄了。」

「…………？」

感到雙重疑問的我，視線跟亞絲娜交錯。兩百年前，提拉利亞是司掌大地恩惠的女神，跟劍沒有任何關係才對。而且被神捨棄又是什麼意思呢？

往上看了一眼感到困惑的我們，費魯西把視線落到從犬隻脖子上移開的小小右手上。

「……我自從開始握劍到現在的三年裡，從來沒有發動過祕奧義。跟同學一樣握住木劍、擺出一樣的姿勢，還是連最基本的『雷閃斬』都使不出來。父母親擔心我而請了個人教師，但老師也一個星期就放棄了。」

他緊握住右手，像是從喉嚨深處擠出聲音般繼續說道：

「每次上劍術課時都暴露出丟臉的模樣，我只會侮辱了阿拉貝魯家的名譽。讓在兩百年前的『四帝國大亂』中立下了不起的功勳，年僅十七歲就敘任為整合騎士的羅妮耶·阿拉貝魯·薩提斯里的名聲掃地。」

聽到這個名字的瞬間——

感覺到腦袋中心被雷打中的衝擊，不由得發出細微的呻吟聲。

羅妮耶她……那個擔任我隨侍練士的嬌小、溫柔的女孩子成為整合騎士？我不記得聽過四帝國大亂這個名詞。異界戰爭之後的Underworld再次發生了戰亂嗎？

幾乎沒有打倒闇神貝庫達之後的記憶一事再次讓我感到焦躁。比現實快五百萬倍的「界限加速階段」期間，我和亞絲娜應該在這個Underworld度過了將近兩百年的時光，但是卻完全不記得世界發生了什麼事以及我們做了什麼事。

最後的記憶是在東大門遺跡與黑暗領域所召開的和談交涉會場，不知道為什麼跟黑暗界軍的伊斯卡恩總司令官互毆的場面。由於記得臉頰腫起的伊斯卡恩說了「你這傢伙確實比我強」，所以和談應該成功了，不過記憶就在這個地方完全中斷。

沒錯……回想起來，我跟亞絲娜從Underworld登出短短三分鐘後，時間加速也跟著結束了，所以大約三十年前我們都還待在這個世界裡。雖然不算是最近但也不是久遠之前。擔任國王一事恐怕是搞錯了，但是也不認為會躲在深山靜靜地過生活，所以應該還有不少跟我有過直接交流的人存活才對。

但要把人找出來也很困難。因為不可能在聖托利亞市附近不管遇到誰就問「你認識我嗎？」。這次潛行原本的目的是調查入侵Underworld的究竟是什麼人以及其目的為何，要是自己做出醒目的行為就只是本末倒置。

想知道更多羅妮耶與緹潔的事情……按耐下這樣的渴望後，我對著費魯西搭話道：

「你說無法發動祕奧義，是無法將劍招使盡的意思嗎？還是連特效光……不對，是光彩都沒有出現？」

「……是第二種情形。不論我擺多少次姿勢，都沒有出現光芒與聲音。」

「唔唔唔……？」

不只是我，連亞絲娜與愛麗絲都露出狐疑的表情。

要發動祕奧義——劍技確實是有幾個訣竅，但是就連ＶＲＭＭＯ初學者都只要花二三十分鐘練習就能掌握了。也就是只要把劍維持在規定的位置與角度，習慣之後就連在跳躍當中，甚至是倒立狀態都有可能發動。真的可能練習了兩三年卻連一次都無法發動嗎？

「嗯……費魯西。我不會勉強你，不過可不可以在我們面前試一次看看？」

結果少年瘦削的身軀整個緊繃，然後直接低下頭去。過了一陣子後才以沙啞的聲音說：

「……抱歉……我認為能讓騎士愛麗絲大人與她的隨從大人指點我的劍招是相當光榮的一件事，但是我的木劍收到道具小屋最深處的箱子裡頭了，沒辦法輕易拿出來……」

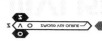

那應該不是謊言。不過同時也是他對自己的藉口吧。這時要是放棄的話，將會增強少年累積在內心的無力感以及棘手意識。

本來要說那我的劍借你吧，不過最後還是打消了主意。不論是插在右腰的藍薔薇之劍還是左腰的夜空之劍，全都是超過40級的神器級物件。另外愛麗絲的金木樨之劍和亞絲娜的燦爛之光也是一樣。僅僅九歲的少年應該連拿都拿不起來吧。道具欄裡沒有適合的物品嗎……忍不住這麼想之後，才又想起Underworld不存在道具欄這種東西。現在我的所持物品就只有放在腰包和口袋裡的雜物。

如此一來……

我環視寬敞的客廳，眼睛停留在放置於桌面的銀製燭臺上。那應該只是裝飾品吧，燭針上沒有插著任何蠟燭。

我走過去拿起燭臺。亞絲娜只是愣在那裡，愛麗絲則露出「不會吧」的表情，但在她們說些什麼之前我就先集中了精神。坐著的貝魯似乎感覺到了什麼而發出「汪嗚」的叫聲，但費魯西摸了牠的頭後立刻就安靜了下來。

燭臺突然間發出強光並且流暢地改變起形狀。三根燭柱融合為一變成較短的劍身。寬廣的基臺部分也收縮為較細的握柄。

短短五秒鐘不到，燭臺就變成尺寸剛好適合小孩子的小劍。輕輕上下揮動來確認平衡感時，愛麗絲就大步走了過來——

「這個得意忘形的傢伙！要我說幾次才會懂，不要什麼事情都想用心念來解決！」

嚇了一跳的我縮起脖子，同時以視線向亞絲娜求助。但是創世神大人只是輕輕聳聳肩。沒辦法的我只能自己試著抗辯。

「沒……沒有啦，這真的是沒辦法了……剛才那只是單純的形狀變化，也不是連材質都改變了……」

「不是這個問題吧！」

其實我自己也覺得是這樣。老實說，也有想試試看能否像跟貝庫達戰鬥時那樣使用心念的動機存在。看來力量並沒有衰退，但要是習慣這種力量的話，等回到Unital ring世界時可能會累積更多的挫折感。

「抱歉抱歉，今後我會節制。不過妳看，很不錯的成品吧。」

把即席製成的小劍拿給愛麗絲看後，我便轉向費魯西。

少年藍灰色眼睛瞪大到像要從眼眶裡掉出來一樣，嘴巴也張得老大。最後才發出顫抖的聲音。

「…………桐……桐人先生……剛才那是……心念嗎？由古老的整合騎士創造，據說現在只傳承給最上級機士的祕術……桐人先生只是隨從卻……」

「咦……心念是這樣的嗎？」

兩百年前不要說整合騎士了，修劍學院的學生也有能使用這種力量的人……心裡雖然這麼想，不過物質狀態變化確實只有愛麗絲這種等級的整合騎士才能使用。這時只能把事情矇混過去了。

「嗯，那個……我在隨從裡面算是實力比較接近騎士的。」

「……您確實帶著兩把劍……」

「是啊是啊。倒是你拿著試試看吧。」

我走到費魯西身邊，捏著銀製小劍的劍尖來把劍遞給他。

少年猶豫了一陣子，最後像下定決心般抬起右手來穩穩握住劍柄。像我剛才那樣上下揮舞兩三次後迅速抬起頭來表示：

「感覺……很趁手。明明比木劍重了許多，為什麼會……」

「因為我把重心調整到靠近手邊了。重心在劍尖的話一擊的威力雖然會上升，但也比較難操控。」

「是這樣啊……」

費魯西一直凝視著右手的劍，深吸了一口氣後便說：

「那麼……我試著使出『雷閃斬』。」

「咦，在這裡沒關係嗎？」

由於雷閃斬的攻擊範圍其實頗寬廣，在室內使出的話很可能會傷到家具或者牆壁——我雖然如此擔心，但費魯西只是輕輕點頭。

「如果發動的話，我會立刻停手。」

「這樣啊。」

隱藏在少年言詞裡的放棄氣息雖然令人在意，但我只是如此回答就回到南側的窗邊。原本靠近門的亞絲娜也小跑步移動到愛麗絲身邊。

費魯西與貝魯隔了充分的距離之後，就在走廊側的牆邊擺好站姿。

首先把小劍擺在中段，接著右腳稍微後退，把右手的劍移動到上段。手腕彎曲幅度不大，劍身大概呈四十五度角。二連擊「圓弧斬」幾乎是水平，四連擊「垂直四方斬」的話是要整個往後傾倒到負四十五度左右，垂直斬的話那樣的確是正確的角度。

「很正確啊。」亞絲娜這麼說道……

「姿勢很漂亮。」愛麗絲也如此呢喃。

正如她們兩個人所說的，費魯西的姿勢相當完美。劍的位置、角度、持劍者的姿勢都無可挑剔。但是卻沒有出現藍色光彩與尖銳振動聲。

「為什麼呢……？」

如此低聲說道的我，下意識中從左腰拔出夜空之劍。

感受著令人懷念的手感並且把劍舉到右肩上方。一進入從SAO時代開始計算的話，不知道使出幾千，不對，是幾萬次的垂直斬準備動作，劍身就隨著「嘰咿咿咿」的熟悉聲音綻放出清澈藍光。

往這邊瞄了一眼的費魯西，臉上浮現參雜著諦觀與絕望的表情，無力地放下手中小劍。我也急忙中斷劍技，把劍收回劍鞘當中，但還是被亞絲娜與愛麗絲瞪了一下。

「沒……沒有啦，只是為了慎重起見才確認一下……」

唯唯諾諾地說完藉口之後才靠近費魯西。我彎下腰來對著沮喪垂著頭的少年搭話道：

「你的姿勢很完美——雖然這麼說可能也沒辦法安慰你……」

「不……光是能聽見桐人先生這麼說我就很高興了。」

露出僵硬的笑容如此回答完，費魯西就把視線落在右手的劍上並繼續說道：

「……那麼，我無法使用祕奧義，問題不是出在我的身上吧？」

「嗯……我是這麼認為。應該是受到某種外在的因素影響。但那究竟是什麼……暫時還無法得知……」

其實很想不論花幾個小時都陪著費魯西找出那個「外在因素」究竟是什麼。但是卻不可能辦到。神代博士僅僅給我們兩個小時的時間，現在已經過了四十分鐘了。

年紀輕輕卻相當成熟的少年，展現強行壓抑下感情的笑容說：

「光是知道並非自己的錯就很棒了。因為這樣的話……就可以因為自己被神明放棄的厄運而嘆息了。」

「…………」

我無法立刻點頭，只能輕咬住嘴唇。

Underworld不存在神明。創世三女神也就是史提西亞、索魯斯以及提拉利亞全是最高司祭亞多米尼史特蕾達為了樹立公理教會的權威，直接挪用ＲＡＴＨ設定的超級帳號名稱所虛構出來的人物。妨礙費魯西發動祕奧義的不是神明的反覆無常，應該是更加具體的力量才對。

但是現在的費魯西只能夠靠著這麼想來說服自己了吧。

「這個……謝謝您。」

我對雙手遞出銀製小劍的費魯西說：

「那就送給你吧。」

「咦……但是……」

「很趁手不是嗎？不用特別訓練，每天有空的時間握住它揮動一下就可以了。」

「…………」

面對依然露出猶豫模樣的費魯西，愛麗絲從我背後對著他搭話道：

「拿著吧，這樣說不定會帶來什麼改變。說起來呢，那原本就是阿拉貝魯家的燭臺吧。」

當我想著「一點都沒錯」時——

「桐人，也幫他做個劍鞘吧？」

亞絲娜對我如此表示，於是我便站了起來。

「咦咦？但是素材怎麼……」

「那麼請用這個吧。」

費魯西這麼說著並且遞出來的是鋪在燭臺底下的厚厚皮革製墊子。照這樣繼續變形下去的話，客廳裡的小東西很像會越來越少，但是燭臺消失了只留下墊子確實不自然。而且稚嫩的少年跟十秒鐘前相比簡直就像另外一個人般雙眼閃閃發光，所以很難拒絕亞絲娜的要求。

「那……那麼……」

我接過墊子，瞥了一眼費魯西拿在左手的劍後開始集中精神。長方形墊子帶著白光，像生物一樣開始改變形狀。變細長且變圓後又被壓平，另外一端則是變尖……光芒消失之後，我的手中就出現赤茶色皮革劍鞘。

「拿去吧。」

遞出去後，費魯西就以感嘆的表情接了過去，然後將小劍收入劍鞘。

「……好厲害，尺寸剛剛好！」

「嗯，就是製造成那樣啊。」

「想不到心念竟然能辦到這種事……」

「說起來我只個隨從。騎士大人的心念更厲害喔。」

話才剛剛說完，背部就被愛麗絲用力戳了一下，差點大叫「好痛啊！」的我，好不容易才按耐下這股衝動。

對我們露出「真受不了你們」的表情後，亞絲娜就把雙手撐在膝蓋上。

「費魯西小弟啊，可不可以帶我們到街上逛逛？」

「咦……」

感到困惑的不只是少年。我也反射性皺起眉頭，但是立刻又覺得這是個不錯的點子。

想調查入侵者的話，總是需要到聖托利亞的街道上。但是街道的模樣跟兩百年前相比應該有了很大的變化，與其三個不清楚地理位置的人到處亂晃，還是有個能帶路的人在身邊比較安心。

費魯西把小劍掛在腰帶的左側，稍微考慮了一下，然後就馬上用力地點頭。

「好的。雖然父母親禁止我單獨外出，但是跟各位一起的話應該沒關係……只不過……」

他依序往上看著亞絲娜與愛麗絲，像是感到刺眼般瞇起眼睛並且加了一句：

「……愛麗絲大人與亞絲娜大人的打扮可能有點太顯眼了。最近就連王宮的近衛兵都沒有全身穿著鎧甲了。」

「這樣啊……嗯，那怎麼辦呢？」

如此呢喃的亞絲娜開始跟愛麗絲竊竊私語起來，不過我卻注意到其他事情。

「王……王宮？那是皇帝的城堡之類的嗎？」

結果這次換成費魯西納悶地眨了眨眼睛。

「皇帝……？不──四皇帝家在兩百年前的『四帝國大亂』中遭到黜廢，一區的城堡變成北聖托利亞行政府。王宮指的是中央聖堂喔。」

「咦……但是現在統治人界的是名為星界統一會議的組織吧？組織上面還有國王嗎？」

「很久以前有喔。不只是人界，同時也統治卡爾迪娜與亞多米娜這兩顆雙子星，所以似乎是被稱為『星王』……」

想著「出現了，星王」的我看向愛麗絲與亞絲娜的臉。兩個人都浮現「太瞎了」的表情，不過我應該也是同樣的模樣吧。

雖然不清楚羅蘭涅與絲緹卡為什麼會認為我和亞絲娜是星王and星王妃，但是越想就越覺得我不可能負起那樣的責任。只不過另一方面，記憶中的最後一個場面，我又是以人界方代表的身分與黑暗界的伊斯卡恩總司令見面。當時應該決定在適當時機把代表的身分推給某個整合騎士才對，結果無法順利成功而持續擔任代表一職，最後甚至變成了國王嗎？然後亞絲娜成為王妃……？

「不可能不可能不可能……」

嘴裡這麼呢喃完，我便下定決心對著少年問道：

「那個星王叫什麼名字？」

既然費魯西聽見我的名字也不認識我，那就不可能叫做桐人。不過要是跟我有所關聯的名字該怎麼辦……當我帶著緊張的心情等待回答時——

「沒有流傳下來。」

費魯西開口這麼回答。

「啥？」

「所有史書與傳說裡，星王與星王妃的名字都被刪除了。聽說……是為了防止歿後出現自稱親戚或者子嗣的人出現，因此而造成政治混亂……」

「…………」

再次跟亞絲娜她們交換了一個眼神。實在不認為能夠把掌政者的名字完全從歷史中刪除掉。現實世界裡的古埃及與巴比倫王朝裡似乎有不清楚名字的王，但那是好幾千年前的事情，而Underworld的星王在短短數十年前應該還統治著這個世界才對。

但是繼續逼問九歲的費魯西也實在太過分了。於是我便先把星王的事情拋到一邊，接著將話題拉了回來。

「原來如此……那麼，兩個人只能把鎧甲放在這個房子了吧？」

「……鎧甲是可以脫下來……」

如此回答的愛麗絲，以左手摸著金木樨之劍。

「……但是劍怎麼辦？我可不想讓它離開我的身邊。」

「啊～這我也一樣……」

看見面有難色的我們，費魯西則是微笑著說：

「劍沒關係喔，貴族就不用說了，一般人民也有不少人帶著劍。」

「喔喔……」

根據羅蘭涅她們所說，兩百年前存在的一等到六等的爵士等級已經廢除，但是貴族制度本身還殘留著。我無法判斷這對Underworld來說究竟是好還是壞。

但是現在就先利用這一點，將兩柄劍留在腰間的皮帶上。明明有上宇宙的飛行器了卻沒有使用槍，目前劍仍在服役中，這可以說是極度不平衡的一件事，不過仔細一想就覺得Underworld存在神聖術，所以槍械才無法發達吧。

在費魯西的提議下將愛麗絲與亞絲娜脫下來的鎧甲藏在客廳角落的櫥櫃裡。費魯西還借給她們兩個人低調的茶色外套罩在身上，當做好外出的準備時，牆壁上的時鐘已經逼近下午四點了。令人感到安心的是，隨著長針指向12這個數字，窗外也同時傳來懷念的鐘聲。即使時鐘普及了，街上的大鐘似乎還是會繼續演奏每個小時的樂聲。

旋律停止之後，距離說好登出的時間只剩下一個小時。首先要費魯西帶我們到北聖托利亞最熱鬧的區域，必須在時間許可的範圍內邊走邊吃，不對，是盡可能收集情報才行。

跟著費魯西走出客廳，就看到長長的走廊往左右兩邊延伸。上次到此訪問時因為手忙腳亂而沒有注意到，不過看起來阿拉貝魯家宅邸比想像中還要寬敞許多。記得擔任我的隨侍劍士時的羅妮耶曾經說過，她和緹潔的父親是六等爵士，所以生活過得相當樸實，所以應該是這兩百年內改建或者是搬家了吧。

跟在少年與狗後面走了一陣子就來到寬廣的玄關大廳。這麼說或許有點誇張——但光是這個空間似乎就足以容納我們的圓木屋了。

「……似乎可以放下四張桌球檯呢。」

對旁邊的亞絲娜如此呢喃後，對方就以疑惑的表情看著我。

「桐人喜歡桌球嗎？」

「也沒有啦。」

「那為什麼用桌球檯來比喻呢……」

「因為覺得網球場應該不可能。」

當我們進行這種無謂的閒聊時，費魯西就從厚重的大衣衣架上拿起毛織大衣來罩在小劍上面。對貝魯說了些什麼後，狗兒「汪嗚」一聲回答完就朝走廊深處走去。

「好了，我們走吧。」

轉過頭來這麼說道的費魯西，推開巨大的雙開式門扉後，涼涼的微風就吹進來晃動著亞絲娜與愛麗絲的長髮。和冬天的東京所吹的那種帶有塵埃的風不同，那是含有諾魯基亞湖水氣的北聖托利亞的——Underworld的空氣。

——真的回來了。

再次這麼想著的我就跟著另外三個人來到門外。

阿拉貝魯家不只是宅邸寬敞，連前院也極為廣大。從玄關筆直延伸出去的石頭地板兩側並排著修剪得相當整齊的矮木，其前方則能看見泛黑的鑄鐵正門。庭院右側是一棟附有鐵捲門的平房，如果正如外表所見的是車庫的話，或許停放著名為機車什麼的交通工具，但實在說不出口想要駕駛看看。

回過頭一看之下，主房是兩層樓且左右對稱造型，豪華程度超乎想像的宅邸。以我的感覺來看大概是一等或二等爵士的等級。看來這兩百年來阿拉貝魯家的仕途相當亨通……但如此寬敞的地方卻完全沒有看到傭人，這究竟又是因為什麼理由呢？

我再次看向正面。正門後面也有許多雖然不及阿拉貝魯家氣派但相當雄偉的石造宅邸，遠方則可以看見聳立的中央聖堂貫穿天空。高度似乎跟兩百年前一樣，也能看見最上層的天文台般的圓形屋頂。那裡面過去是最高司祭亞多米尼史特蕾達的房間，現在又是誰住在那裡呢？

「要走嘍，桐人。」

因為這道聲音而移下視線，就看到亞絲娜、愛麗絲以及費魯西在前面一點的地方停下腳步來等著我。

「噢，抱歉。」

小跑步追上眾人，正當我要做出「終於要來到兩百年後的聖托利亞市」的心理準備——這個時候……

就聽見從遠方某處傳來巨大木管樂器一直吹奏同一個音般的不可思議高音。「呼啊嗯、呼啊嗯」的聲音一點一點變大。並不是音量增大，似乎是聲音的來源逐漸靠近。

突然間，費魯西像是彈起來般轉過頭來，指著石頭地板右側並且大叫：

「各位，躲到那些樹叢後面！」

少年的聲音和表情宣告沒有時間反問為什麼要這麼做了，我反射性抓住亞絲娜與愛麗絲的手。拉著兩個人衝刺，跳進圍住車庫的高一公尺左右植栽後方。幸好植物的枝葉相當柔軟，我先把亞絲娜她們推進去，跟著躲到她們旁邊。

從樹葉縫隙往正門方向窺看的同時，大型移動物體也從門後方現出身影。

那是四個角落附有巨大車輪的簡易箱型交通工具。是費魯西提過的「機車」。上次潛行時，從飛行場移動到這棟宅邸時也搭乘過，但現在看到的比當時大了一倍以上。車體塗成亮灰色，側面用漢字與片假名——不對，是泛用語寫了些什麼，但是被鐵門的柵欄擋住了而無法辨識。車頂上可以看到應該是怪聲來源的警笛，所以可能是救護車或者警車之類的車輛。

警笛停下來的同時，側面的門就迅速打了開來，幾道人影分別從裡面竄出。從外面推開大門跑進院子裡。總共有六個人……全部穿著灰色制服與制帽，腰間還掛著小型的劍。

「那是什麼單位的制服？」

亞絲娜的呢喃聲讓我跟愛麗絲同時搖了搖頭。

「嗯，不知道耶。」「我沒看過。」

不只是我，連愛麗絲都不知道的話，應該是兩百年前不存在的機關所穿的制服吧。六個人裡年輕的大概二十多歲，年長者大約五十多歲，所以應該不是學生。

屏住呼吸窺看著他們，發現年輕人從肩背包裡取出某種便當盒般的物體，並且開始對準各處。下巴蓄著鬍鬚的最年長男性靠近，以緊繃的聲音問道：

「怎麼樣，心念計還有反應嗎？」

「沒有新的反應。痕跡相當明顯。方才連續起動兩次戰術級心念兵器的就是這間宅邸不會錯了，隊長。」

「唔……」

被喚為隊長的鬍鬚男環視寬廣的前院，這時似乎才終於發現呆立在道路正中央的費魯西。

「喂，小弟！」

被對方用盛氣凌人的態度這麼呼喚，費魯西整個人嚇得後退。我左右兩邊的亞絲娜與愛麗絲的身體也緊繃起來，為了不讓她們從藏身處衝出去，我悄悄地緊握住兩人披風的衣角。

包含隊長在內的三個男人跑向費魯西，在距離二十公尺處以連我都能清楚聽見的巨大聲音盤問：

「你是這棟房子的小孩嗎？」

他的氣勢讓費魯西的右腳退了一步，但隨即勇敢地停下腳步並且報上姓名。

「是的，我叫費魯西・阿拉貝魯。」

「為什麼這個時間點還在自宅……不對，這不重要。諾古蘭・阿拉貝魯爵士或者羅謝琳・阿拉貝魯前機士又或者羅蘭涅・阿拉貝魯機士在家嗎？」

「不……雙親和姊姊都還在工作。」

「這樣啊……」

點著頭的隊長環視院子四周。銳利的視線朝向這邊時我的心臟像是要跳出來一樣，但是隊長沒有發現躲起來的我們，再次低頭看著費魯西說：

「——小弟，這裡三十分鐘前有沒有發生什麼事？有沒有聽見奇怪的聲音或者看見可疑的人？」

聲音也就算了，費魯西確實見到可疑人士了，但他卻堅定地搖了搖頭。

「不，我沒發現什麼不對勁的地方。」

「唔……真是奇怪。明明測量到這座宅邸出現戰術級心念兵器的反應……」

其中一名部下對雙手環抱胸前的隊長搭話：

「隊長，會不會跟上個月一樣是誤測？」

「但不論是上個月的事例還是這一次，廳舍內的心念計都一起出現反應了喔。雖說是精密的器具，但實在不太可能一次同時壞掉好幾台。」

豎起耳朵傾聽男人們的對話，身旁的愛麗絲就呢喃著：

「……什麼是心念兵器呢？」

「誰知道……」

「而且那個叫做心念計的道具……能夠探測到心念的發動嗎？」

「天曉得……」

由於我只能做出這樣的回答，愛麗絲以藍色雙眸瞪了我一眼後才恢復窺看的姿勢。

六個男人依然執拗地望著庭院各處，不知道是否有什麼規範，他們完全不離開通道來四處調查。最後像是做出應該是名為心念計的儀器誤測的結論，聚集在同一個地方後小聲地交談著，然後除了隊長之外的五個人就走回門口。

獨自留下來的隊長在費魯西面前蹲下來，在同等高度的視線下說出賠不是的發言。

「費魯西小弟，抱歉嚇了你一跳。看來是我們搞錯了。話說回來，真不愧是名門阿拉貝魯家的子嗣，年紀還這麼小就如此懂事。你也跟姊姊一樣以成為機士為目標嗎？」

——別再閒聊了快點回去吧！

了解費魯西苦惱的我忍不住在內心這麼咒罵，但是少年的應答卻是四平八穩。

「不，我將來想成為學者。因為阿拉貝魯家的機士幾乎都是女性。」

「唔嗯。我覺得年紀輕輕的不必就這樣對未來設限。」

這極度遲鈍的發言讓我再次感到火大，就在這個時候。

準備離開的其中一名部下——拿著心念計的最年輕男性又跑回隊長身邊並且大叫：

「雖然很微弱，但是偵測到新的心念反應了！」

「什麼！」

站起來的隊長看向四角形箱子。兩個人將箱子朝向院子各處的模樣雖然很滑稽，但現在不是覺得有趣的時候。說不定剛才咒罵時不小心發動了心念……這麼想的我拚命試著讓自己進入無心狀態。

「啊……」

身旁的愛麗絲再次發出呢喃聲。

「怎……怎麼了？」

「那個心念計，說不定是對你給費魯西的劍有所反應。」

「咦？但是……完成變形已經過了三十分鐘以上了喔。」

「用心念來改變形狀的器物，必須花上一點時間才能習慣新的形狀……過去最高司祭大人曾經這麼說過。那個時候不是很了解她的意思，不過如果像熱量會殘留在重新鍛造的金屬上那樣，心念也會殘留下來的話……」

「…………」

雖然想著「怎麼可能」，但又無法全然否定。雖然使用過不知道多少次了，但是關於Underworld特有的心念系統，我也不是完全理解其構造。

但是現在想起來，用心念將因為同學惡作劇而被扯斷的賽菲利雅花復活時，感覺上朦朧的燐光確實殘留了一陣子。如果借用愛麗絲的比喻，「餘熱」被心念計偵測到的話，隊長他們立刻就會發現來源是費魯西的劍吧。我不認為九歲的少年可以隱藏我們的存在並且巧妙地應對質問。現在不立刻對應的話，很可能會讓早已抱持著巨大問題的費魯西受到更大的傷害。

「亞絲娜、愛麗絲。」

我放開一直握住兩人披風的手，接著低聲表示：

「我出去之後，妳們就找機會回到宅邸裡，穿上鎧甲然後登出。」

下一刻，就聽見預料當中的回答。

「你在說什麼啊，我也要一起上！」

「鎧甲根本不重要，我也跟你一起！」

「不在此回收的話，可能就再也拿不回來了喔。而且愛麗絲現在絕對不想被捲入麻煩事裡頭吧？」

如此回答完的我指向著裝在愛麗絲腰帶上的皮革腰包，結果騎士就用力咬住嘴唇。

我知道腰包裡面裝著極度貴重的物品。雨緣與瀧刳——我用心念將過去為了保護愛麗絲而幾乎喪命的兩隻飛龍還原到出生前的兩顆蛋。要是受到男人們粗魯對待而破掉的話，就算是我也無法把蛋復原了。

迅速對很珍惜般按住腰包的愛麗絲點點頭後，我就看向亞絲娜。

「我不要緊的，緊急時刻會用這個脫離。告訴凜子小姐，按照原定計畫等我到五點。」

如此說完就抬起左手，亞絲娜原本想說些什麼的嘴巴也閉了起來。

在除了「史提西亞之窗」就不存在其他使用者介面的Underworld裡，神代博士與比嘉組長為了讓我們能夠自主登出而安裝的是使用手勢的指令。首先筆直伸長左手手指，然後依序彎下小指、中指、拇指、無名指、食指後，ＳＴＬ就會偵測到這個信號並且立刻將我們登出。在現實世界嘗試的話手筋可能會發出悲鳴，但是在Underworld兩秒就能完成。而且跟Unital ring不同，不會留下失去靈魂的肉體，所以可以用來緊急脫離。

「……知道了。但是，你務必要小心喔。」

由於看來是拚命壓抑下擔心表情的亞絲娜如此呢喃，我便笑著向她表示「那是當然」，接著再次對愛麗絲點點頭並且從腰部兩側把劍解下來。

「這個就交給妳們保管了。」

將夜空之劍交給亞絲娜，藍薔薇之劍交給愛麗絲後——之所以分開，完全是因為太重的關係——便悄悄地由樹叢後面出來。

隊長與部下們依然在前院將心念計對準各處。費魯西似乎注意到它是對自己的劍產生反應，於是不動聲色地避開心念計，但是應該沒辦法撐太久。

沒有多餘的時間思索比較溫和的登場方式了。

我在壓低身體的情況下移動到車庫後方，以無詠唱生成二十個風素後，在兩邊腳底各放了十個。想著噴射引擎來解放風力能源，就以猛烈的速度垂直上升。雖然可以只用「心念之臂」，也就是念動力讓自己的身體浮起來，但是需要速度時還是借用素因的力量比較快。

一口氣上升一百公尺左右後轉變為自由落體。隊長等人跟費魯西都還沒注意到。攤開雙手調整路線，從腳部開始降落。快要著地前引爆剩餘的風速來煞車。隨著「滋磅啊啊啊嗯！」的巨大聲響，降落在隊長眼前兩公尺的位置。

「嗚哇啊啊！」

發出悲鳴的隊長像彈簧娃娃般飛退，拿著心念計的年輕隊員則一屁股跌坐在地上。趁隙看向費魯西後，就對他投以「裝不認識我！」的念頭。雖然應該不是心電感應發生效用，不過費魯西眨了一下眼睛後就稍微跟我拉開距離。

「什……什麼人！」

鬍子隊長以破鑼嗓叫喚著並且拔出左腰的劍。一看之下，發現那不是單純的小劍，握柄部分似乎有某種機械式機關。當我想著「那是什麼……」的瞬間，隊長就用拇指按下圓形按鍵。下一刻，整個劍身發出「啪嘰啪嘰！」的聲音並且出現黃色火花。

「嗚哇……那是電嗎？是怎麼形成的？」

Underworld應該不存在雷屬性的素因才對，不過隊長並沒有回答我這個單純的問題。

「快點說出你的名字與現居處！」

「嗯……名字是桐人，沒有住的地方……」

「沒有？那你睡在哪裡？」

「嗯……不知道該說不記得了，還是回過神來就已經在這座宅邸了呢……」

「說什麼蠢話，現在這種時代還想說自己是貝庫達的肉票嗎？」

隊長先說完令人懷念的名詞後，接著又說出未曾聽過的字句。

「那麼報出市民編號！」

「啥？……我沒有什麼編號耶……」

「怎麼可能沒有！就寫在史提西亞之窗上吧！」

「喔……喔喔……」

想著「原來如此」的我以右手在空中畫出S型，接著敲打自己的左手。隨著令人懷念的鈴聲般特效聲出現的視窗上，計載著「UNIT ID：NND7—6355」的文字列。

「嗯……NND7的6355號。」

「NND7？那不是北邊的盡頭嗎……不對，等一下，六千多號？別胡說八道了！」

依舊舉著電力劍並且一點一點靠近的隊長，窺看我叫出的紫色視窗。下一個瞬間，長著鬍子的下巴就整個掉了下來。

「怎麼可能……？連我的祖母都是八千多號喔，還是小鬼的你怎麼會……」

聽見他這麼說，我才終於想起來。標示在史提西亞之窗的個體ID，應該是在那個區域出生的人類的流水號。我是在人界曆三七〇年左右在盧利特村「出生」，所以兩百多年後的現在流水號變成很大的數字也是理所當然的事。

當我煩惱著「該怎麼矇混過去呢」的時候——

「隊……隊長！」

跌坐在地上的年輕隊員就以心念計對著我，用沙啞的聲音大叫：

「就是這個男人讓心念計產生反應！我想他應該隱藏著什麼心念兵器才對！」

「什麼——！」

隊長像是彈起來般拉開與我的距離並且舉起電力劍。剩下來的四個男人也一起從正門跑了過來。

總之似乎已經完成避免費魯西遭受對方懷疑的目的了。我乾咳一聲之後，盡量以最嚴厲的聲音說道：

「嗯，數十分鐘前，我確實使用了心念。」

「承認了嗎！無照持有以及使用心念兵器違反了人界基本法喔！」

「等等，也不是什麼兵器……」

「不然是什麼，你想說是出於自身的心念嗎？」

不給我點頭承認「正是如此」的機會，隊長對跑過來的部下們下達指示。

「逮捕這個男人！抵抗的話就使用電擊劍不用猶豫！」

——可惜猜錯了，不是電力劍而是電擊劍嗎？

這麼想著的我，乖乖地將雙手同時伸出去。其中一名隊員從腰間的盒子裡取出簡陋的手銬，隨著「喀嘰、喀嘰」的聲音把我的手腕銬了起來。

冰冷鋼鐵的觸感讓人感到有些懷念，覺得奇怪的我這才想起在這個世界已經是第二次遭到逮捕了。在修劍學院裡違反禁忌目錄的我與尤吉歐，就是被目前躲藏在樹叢後面的整合騎士愛麗絲親自帶到中央聖堂並且關入地下牢房。

那時候是互相交叉綁住左手手腕的鐵鍊來全力拉扯，藉此消耗鐵鍊的天命，最後成功將其切斷。但一個人的話就無法使用那個方法了。

——鎖鏈斷掉時，還因為用力過猛撞到頭而抱怨了一下呢。

在心中對已經不在人世的搭檔如此呢喃後，我最後又看了一次費魯西。少年以了解一切般的表情微微對我回點了一下頭。

這下子說不定再也見不到他了。以視線傳達「加油啊」的意思後，我便主動開始朝正門走去。

被塞進機車的我，發現搭乘起來竟然還頗為舒適。

車輪覆蓋著黑色橡膠般的緩衝材，甚至具備了板狀彈簧的懸吊系統。由於是石板路面，所以可以感覺到一定程度的震動，不過還沒到開口講話會咬到舌頭的程度。

只不過我的意識完全被窗外的景象奪走，在路途中一直是半開著嘴巴。

星界曆五八二年的北聖托利亞，建築物的外形雖然還殘留著過去的風格，但除此之外的每一點都跟兩百年前有很大的不同。拓寬的道路上可以看到許多大大小小的機車行駛，整排街燈綻放出明亮的光芒，最重要的是人行道上來來往往的行人有三成左右是哥布林、半獸人、食人鬼等亞人族。裡面甚至能看到身高超過三公尺的巨人族。

原本以為是來自於黑暗界的觀光客，但是他們在街角與其他種族站著聊天，在露天咖啡座享受午茶的模樣完全與風景融合為一體。而且服裝也有某種共通感，所以大部分亞人應該是聖托利亞的居民吧。

我仍在裡面過生活時的人界，黑暗領域的亞人族都被當成惡鬼一般看待，所以有種恍如隔世的感覺。為了把這種情景變成現實，歷代的為政者應該相當辛苦吧。不對——如果相信絲緹卡她們所說的話，那麼兩百年來領導Underworld的就只有星王與星王妃兩個人。而且他們正是我跟亞絲娜。

「…………果然還是不可能……」

當我這麼呢喃時，坐在旁邊的年輕隊員就戳了一下我的側腹部。

「給我安靜！」

「遵命～」

我閉上嘴巴，身體陷入單薄的坐墊裡。

機車筆直地在寬敞的大道上奔馳，進入北聖托利亞一區——過去帝城的所在區域。從窗戶看向前方，發現城堡本身還保留原樣，但是到處都看不到掛有諾蘭卡魯斯北帝國與公理教會紋章的旗子。取而代之的是染上藍色陌生紋章的白色布幕。圖案是重疊在正圓形上的三個點……這是兩百年前不存在的圖案。

「……那個紋章代表什麼意思？」

對身邊的隊員如此呢喃後，這次他疑惑的感情似乎蓋過了憤怒，直接用冷森森的視線看著我說：

「你不會是在說統一會議的紋章吧？」

「啊，那個就是……」

「這種事情就連幼年學校的一年級都知道喔。大圓形是雙子星的軌道，右上的點是主星卡爾迪娜，左下的點是伴星亞多米娜，中央的點則是代表索魯斯。」

「哦，原來是這樣啊……」

理解是怎麼回事的我繼續凝眼看著掛毯，就看到尖銳的前端部分還有另外一個紋章。雖然因為太小了而看不清楚，不過似乎是某種花朵纏繞在直向並排的兩把劍上。

「……那麼，下面的紋章是？」

「你是真的不知道？那當然是星王的紋章……」

年輕隊員低聲說到這裡時，機車就邊往左轉邊「喀噹」一聲產生劇烈的搖晃。橫越步道後，似乎進入附設於諾蘭卡魯斯城——不對，是行政府的建築物用地內了。由於灰色車體上以漆黑字體標示著「北聖托利亞衛士廳」，所以這裡應該就是該單位的辦公大樓了吧。

不是太寬敞的停車場裡，停著兩台外表非常相似的機車。如果只靠這三台就要巡邏整個北聖托利亞的話就覺得實在有點吃緊，但仔細一想就發現Underworld的人基本上不會犯法。即使經過兩百年，這樣的個性應該還是不會改變，黑暗領域的威脅也消失了的話，只要最精簡的維持治安組織應該就足夠了吧。

機車停在深處的區塊後，隊員們就迅速跳下車，在我右側的門前排好隊伍。隊長打開車門，命令我「快下車！」。這時我也很想伸展一下身體了，所以很開心地跳下車——不過下車前還是稍微瞄了一眼設置在駕駛座上的小型機械時鐘。四點四十分，這麼說來距離跟凜子小姐約好的登出時間還有二十分鐘。距離強制斷線則還有三十分鐘。

「動作快！」

由於對方發出怒吼聲了，我就在心中回答「是是是」並且來到車外。下一個瞬間，就被男人們從前後左右包圍住。

位於停車場西邊的衛士廳舍是地上四層樓的雄偉建築，但因為聳立在用地正北方的行政府以及更北方的中央聖堂實在太過巨大，因此感覺不到威嚴。在被團團圍住的情況下橫越鋪設地磚的停車場來到廳舍當中。

一樓大廳正面有一處巨大的接待櫃檯，其中不只有男性，也能見到女性職員的身影。犯罪者應該相當罕見吧，所有人都眼巴巴望著這邊，讓我忍不住想跟他們揮揮手，但是戴著手銬的我根本無法辦到。

我最終被帶到二樓深處一間單調的小房間裡。裡頭的家具只有一張桌子與兩張椅子，再來就只有掛在牆上的圓時鐘。由於實在是太符合偵訊室的形象，讓我一瞬間差點笑場，但好不容易還是忍了下來。我主動坐到內側的椅子上，往上看著依然站在正面的隊長問道：

「沒有炸豬排飯吃嗎？」

「你……你說什麼？」

「啊，不，沒什麼啦。」

「好了，你給我乖乖坐好！長官將直接來偵訊！」

如此宣告完，隊長就快步走出房間。即使關上門也沒有上鎖的聲音，而且最重要的是根本沒有搜身。我擔心地想著「衛士廳這樣真的沒問題嗎」，同時將背靠到堅硬的椅背上。

遭到逮捕雖然是預料之外的發展，但某方面來說這種況狀對我也比較方便。不論那個衛士廳長官是什麼樣的人物，立場上應該比任何人都清楚在北聖托利亞發生的事件才對。能夠順利打探出情報的話，說不定能獲得與入侵者相關的資料。

帶著焦急的心情等待著，但是經過一分鐘、兩分鐘，門還是沒有打開的模樣。三分鐘後，忍耐力到達極限的我想著趁這個機會解析時鐘的構造，於是站起來將椅子移動到牆邊。默念了一聲「抱歉」後穿著靴子就踏到椅面上，把耳朵靠近掛在牆壁上的圓形時鐘。

完全聽不見「喀嘰喀嘰」的機械聲，取而代之的是讓人聯想到鈴蟲振翅聲的不可思議微弱振動音。光靠這種聲音根本無法解析構造。於是我移開臉龐，試著在木製數字盤上四處尋找是否有製造商或者製作者的名字。除了十二個地方的數字之外就沒有任何——

不對。

6的數字上面印著一個僅僅五公釐左右的小標誌。因為圖樣太過微小而很難看清楚，不過看出是與菱形重疊的兩條線，感覺與掛在行政府牆壁的布幕最下端那個紋章很像。

環視著房間尋找是否有放大鏡，但是當然不可能會有，當我為了用晶素製造透鏡而抬起右手的時候。門後面就傳來複數人數的腳步聲，我便迅速跳到地板上，將椅子回歸原位後坐了回去。

接著沒有敲門聲門就被打了開來，一開始入內的是剛才那個鬍子隊長。

「站起來！衛士廳長官，波哈魯賽因爵士閣下蒞臨現場！」

「竟然是爵士閣下啊」，在看見本人的模樣之前就在內心感到厭惡。即使貴族的等級遭到廢除，亞人族也能生活在聖托利亞，刻劃在Underworld人靈魂上的階級意識似乎還是固執地存活了下來。

我乖乖站起來後，隊長就退到入口旁邊。靴子踩著「喀滋喀滋」的腳步聲走進來的是一名矮壯的六十多歲男性。

制服基本的設計與隊長相同，但是肩膀處有華麗的金色肩飾，胸口有五顏六色的勳章，左腰的劍明顯不是實用造型的電擊劍，而是裝飾過多的軍刀，臉部還蓄著兩端整個上揚的鬍鬚。感覺兩百年前也很難看到造型如此經典的「貴族高層」。

在桌子後方高傲地挺起身子的爵士，發出「嗚咳」的乾咳聲後為了說些什麼而打開嘴巴。但是在發出聲音之前。

「到此為止了！」

一道尖銳的聲音響起，閣下像酒桶般的身體嚇得縮了起來。隊長迅速想衝到走廊上，但是卻反被推回室內。

迅速進入狹窄偵訊室的是身穿濃厚藍色外套的雙人組。兩者都相當嬌小，但是凜然的氣勢完全震攝住下巴長鬚的隊長以及嘴上蓄鬍的長官。帽沿摺疊成筒狀的海軍風帽子拉得相當低所以看不清楚他們的臉。

「到……到底是怎麼回事！」

藍色披風的一名成員嚴厲地對好不容易發出第一聲的波哈魯賽因爵士丟出一句話。

「這個事件現在起歸整合機士團掌管。希望能盡快將嫌疑犯移交給我們。」

「唔……」

發出呻吟聲的長官，鼻子前端被對方遞出的帽子徽章抵住。由箭頭十字與正圓形組成的那個，是過去整合騎士團——以及公理教會的紋章。

教會明明不存在了，波哈魯賽因爵士卻還是像搖光遺傳了恐懼心般慢慢地退後。

「哼，隨便你們！我們走吧，東雷普！」

「是……是！」

名字似乎是叫東雷普的鬍子隊長看都不看我一眼，憤然起身追著長官離開了。

偵訊室裡只剩下我與兩名藍披風成員，正當我想著「……接下來會有什麼發展」的時候。

藍斗篷們在確實關上門後同時脫下帽子，以跟剛才完全不同的柔和、開朗的聲音叫著我的名字。

「桐人大人，您終於回來了嗎！」

「雖然是在這種情況之下，但是能再次見到您真的很開心，桐人大人！」

「…………啊。」

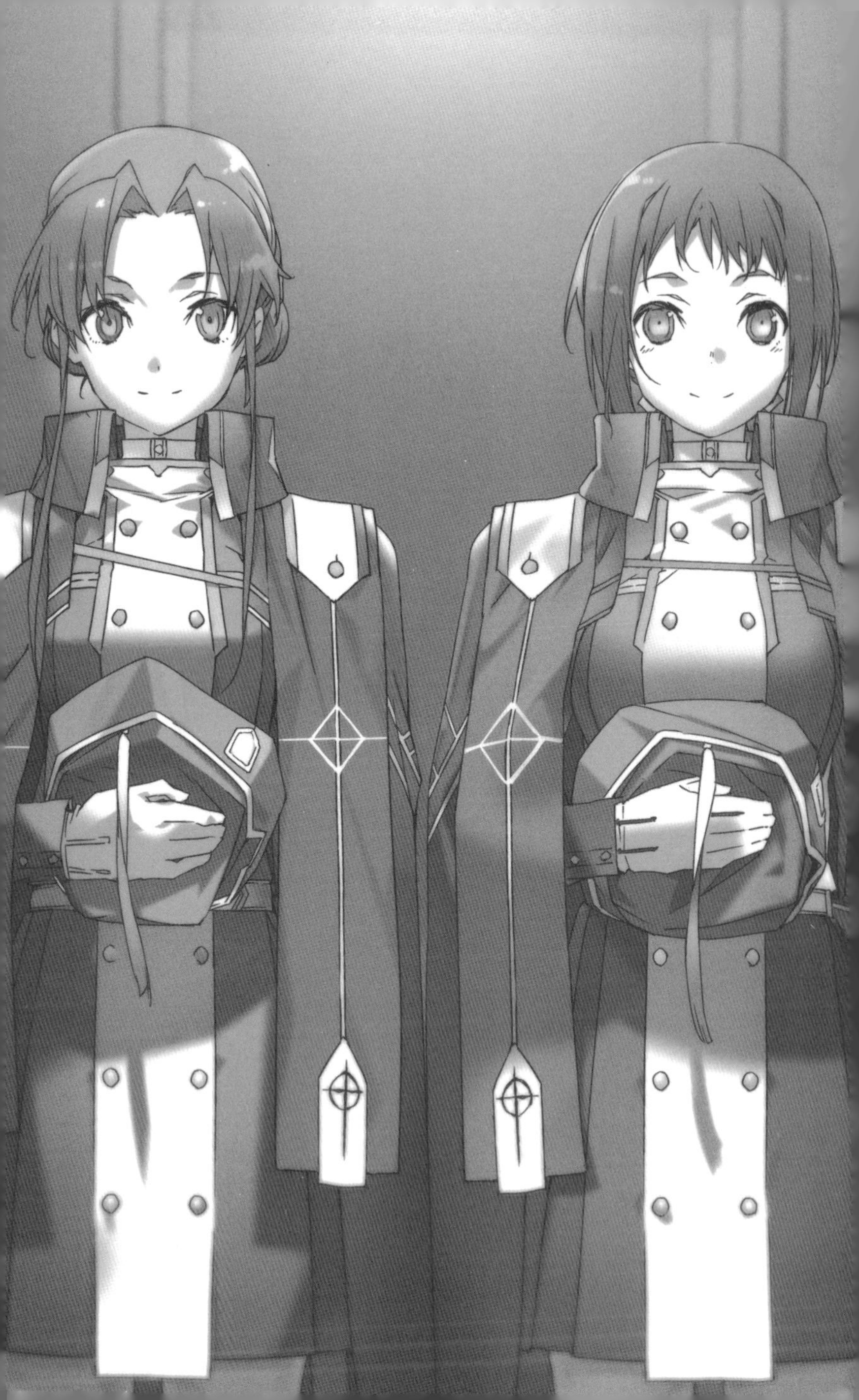

這時我終於注意到眼前的兩個人是上次潛行時遇見的年輕女機士，羅蘭涅．阿拉貝魯以及絲緹卡．休特里涅。

再次一看之下，羅蘭涅清楚殘留著羅妮耶的樣貌，而絲緹卡則是像緹潔。我眨了好幾次眼睛後才終於開口向她們打招呼。

「好……好久不見了，二位。之前也說過了，別叫我『桐人大人』啦。」

下一刻，兩個人就同時搖了搖頭。

「恕難從命喔，桐人大人。」

「其實是想稱呼您為星王大人的。」

「……絕對不要這麼叫。」

背部抖了一下之後，我才再次詢問：

「那麼……妳們怎麼會來這裡？」

「是費魯西通知我們的。」

由於黑髮的羅蘭涅這麼回答，原本想表達「原來如此」而上下移動的頭在途中就變成了左右搖動。

「等等，但是……載我的機車直接就到這裡來了喔。機士團的基地是在郊外對吧？費魯西再怎麼奮力奔跑也絕對來不及才對。」

結果紅髮的絲緹卡就一臉擔心地說：

「桐人大人，您的記憶尚未恢復嗎……明明發明傳聲器的星王您本人啊。」

「傳……傳聲器？那是什麼？」

「就是直接傳遞聲音的造器喔。」

「造……造器？」

不由得浮現「妳的說明根本沒有說明任何事情啊」的想法，然後才預測出可能是「人造的神器」的簡稱。傳遞聲音的話，那就是像電話那樣的東西嘍？Underworld不只有汽車與飛機，連電話都出現了……？

「嗯……我想我果然不是那個叫什麼星王的……就算聽見妳說傳聲器，也一點印象都沒有……」

「這件事情我們之後再說，總之先離開這裡吧。」

如此說道的羅蘭涅以左手重新戴好帽子。

「這我當然贊成……不過要回妳家嗎？」

「雖然很想這麼做，但是衛士隊很可能再次闖進來……目的地等離開建築物再跟您說明吧。」

羅蘭涅打開門後確認左右兩邊。接著又看向這邊點頭，於是我便跟在絲緹卡後面離開偵訊室。

走廊上看不見衛士們的身影。快步移動到一樓後，橫越大廳來到戶外。結果入口正面就出現一台新的機車。

如果衛士廳的車是實用型的廂型車，那麼這輛就是重視外型的房車了。從具備厚重前格柵的前端延伸出長長的引擎蓋，連接到頂端較低的車體。車體的顏色是亮黑色，側面雖然看不見文字，但是前端驕傲地突出十字圓的銀製標誌。

羅蘭涅繞到駕駛座——跟現實世界的日本一樣是右駕——絲緹卡則打開後車廂左側車門並且看著我。由於不是像個小孩子一樣嚷著「我想坐副駕！」的氛圍，我便乖乖坐了進去。絲緹卡一關上車門，就傳出「磅嗯」這種充滿高級感的聲響。

厚厚的坐椅相當有彈力，坐起來跟衛士廳的機車相比可以說有天壤之別。整個人靠到座椅上，長長地呼出一口氣之後，突然往右邊看去。

結果該處已經坐著一名乘客，嚇了一跳的我身體直接往左邊靠。

對方穿著跟絲緹卡她們同樣顏色的外套、長大衣，也戴著同款式的帽子。從體型來看應該是男性，不過大型的帽沿深深地往下拉，大衣的衣領也豎了起來，所以完全看不見臉龐。交叉穿著閃亮靴子的雙腳，手指交錯的雙手放在腿部上面，整個人一動也不動，我凝視該名人物一陣子後，才把臉龐靠近駕駛座並小聲詢問：

「羅蘭涅……這位是？」

「整合騎士團長閣下。」

「團長……！」

我反常的聲音與副駕駛座車門關上的聲響重疊在一起。

羅蘭涅一踩下油門，熱素就在引擎蓋深處發出低吼，巨大的車子順暢地跑了起來。雖然覺得衛士廳的車子坐起來也算舒適，但是完全無法跟這輛房車比較。Underworld的技術力應該連充氣式輪胎都無法製造，到底是用什麼樣的構造來實現衝擊吸收力的呢？

不對，現在機車的科技根本不重要。現在令人在意的是右邊的人物。

既然是團長，那大概是整合機士團的頭領吧。根據羅蘭涅她們所說，機士團隸屬的Underworld宇宙軍雖然也有司令官，但是實際上指揮宇宙軍與地面軍的似乎是機士團。我認為是兩百年前的異界戰爭時所整編的人界守備軍與整合騎士團那樣的關係，那就表示現在坐在我旁邊的正是掌握Underworld所有軍事力量的人物。

這種高層中的高層，為什麼會坐在載我的車子裡面呢？然後為什麼看都不看這邊一眼，只是靠在座椅上持續保持著沉默呢？

我不停偷瞄著右邊，拚命思考著該如何對應這種狀況。說起來，實在搞不懂連絲緹卡她們也閉上嘴巴的理由。看是要介紹雙方還是說明一下情況都可以吧。

如此一來我就乾脆模仿對方的姿勢好了，於是我也在座位上高傲地交叉雙腳，並且在大腿上交錯兩手的手指。這樣團長會不會有什麼反應……正當我側眼往右邊看去的時候。

往南前進的車子在十字路口左轉，從窗戶射進來的夕陽照亮了團長的肩口。

稍微可以窺看到帽子與立領之間的縫隙，頭部後方呈平緩波浪狀的頭髮在陽光照射下閃閃發亮。那並非金髮，而是顏色更深一點的金茶色。

真要說的話——應該是亞麻色。

心臟突然間毫無來由地像戰鼓般快速跳動。呼吸變得急促，指尖冰冷且麻痺。

我僵硬地把脖子往右轉，將團長全身納入視界當中。

以男性來說不算高大、粗壯。說起來應該屬於跟我十分相似的瘦削體型。但是即使穿著厚厚的大衣，也能看出他全身經過相當精實的鍛鍊。

想伸出右手確認他肩膀附近的胖瘦程度。不對，是想摘下他的帽子，壓低高高的立領，然後從正面窺看他的容貌。必須盡快確認並非那麼回事，不然我加速的心跳就無法平靜下來。

這種急迫的思緒在下意識中變成心念朝著團長伸去，接觸到他大衣肩口的瞬間。

「啪嘰」一聲被彈開的感覺傳遞過來，讓我瞪大了雙眼。團長以強力的心念彈開了我伸出去的「心念之臂」。

「啊……沒有，不是啦……」

呢喃般的一句話，打斷了我立刻脫口而出的發言。

「原來如此。」

至今為止一動也不動的團長，左手緩緩從口袋裡抽出來。

「……這就是擁有『星王』稱號的男人的心念嗎？也難怪衛士廳會誤認為心念兵器了。」

這道聲音。

沒有絲毫刺耳的成分，宛如絲絹般柔順，帶有某種女性的高音成分，但是又讓人感受到強大意志的這道聲音是……

團長舉起左手，以指尖抓住帽沿然後緩緩把帽子抬起。亞麻色的捲髮掉落，在夕陽照射下發出美麗的光芒。

副駕駛座的絲緹卡迅速回頭，像是一直忍耐到剛才一般大叫：

「看吧，團長。我就說是本人吧？」

「我還沒這麼說。機士團裡也有幾名這種程度的心念使用者。」

「都說他的實力不只是這樣了！」

很急躁般在胸前握緊雙手，絲緹卡連珠炮般說出一串話來。

「桐人先生他用從未見過的祕奧義……也就是只用劍就破壞了那隻神話級宇宙獸深淵之恐懼喔！除了傳說的星王陛下之外，不可能有人能辦到這種事！」

「嗯，還是不要急著下定論。」

現在的Underworld裡，應該是星界統一會議的領袖兼最高權力者的男人，以完全感受不到傲慢的口氣這麼說道，接著乾咳了一聲後又加了一句：

「噢，羅蘭涅。抱歉，可以繞到六區的東三號道路去嗎？」

「不行喔，跳鹿亭的蜂蜜派的話，基地裡應該有先買好的存貨吧。」

「那個是剛出爐的才最好吃啊。」

「任何食物都是這樣。」

當團長進行這樣的對話時，我只能一直凝視著他的側臉。

無法識別容貌。不只是因為夕陽造成逆光，還因為他戴著覆蓋上半部臉龐的白色皮革面具。即使如此，露出的嘴角附近還是有那個人的影子。或者只是我的一廂情願讓我產生這種想法。

「沒辦法了，那就直接回基地去吧。」

混雜著嘆息聲這麼說道的團長，以自然的動作重新轉向我這邊。

雖然從看起來很柔軟的瀏海根部到鼻子為止都覆蓋在白色皮革面具底下，但是鑲嵌著薄薄玻璃的窺視孔下方，綠寶石色的眼睛正放射出光芒。

「…………尤……」

從我口中落下的細微聲音，讓團長疑惑地閉上嘴巴，但立刻就由淡淡的微笑取而代之。

只不過那並非過去不知道對我露出多少次的溫暖且平穩的微笑。擁有跟兩百年前死亡的搭檔相同眼睛與聲音的男人，浮現帶著某種諷刺而且滲出不與任何人交心般氣息的笑容後，對我伸出右手。

「抱歉還戴著面具。因為眼睛附近的肌膚對索魯斯的抵抗力很弱。在下……不對，我是整合機士團長耶歐萊茵．哈連茲。請多指教，桐人。」

「耶歐萊茵……」

我茫然重複著初次聽見的姓名。

只是剛好長得像而已嗎？因為決定Underworld人外表要素的參數變動所產生的偶然相似？還是說，像的只有眼睛與聲音，面罩底下的臉龐完全是另一個人？

我拚命壓抑下把他的面具扯下來的衝動。就算看不見長相，透過手與手的觸碰說不定能感受到什麼。

我用力吸了一口氣，慢慢將其呼出後，才準備握住耶歐萊茵團長耐著性子一直朝這邊伸著的右手。

但是在還剩下幾公分時就被奇妙的感覺襲擊而整個人僵住了。肉體與精神的連結慢慢變弱一般的朦朧人格解體感。這是……

開始登出了。

反射性地看向駕駛座。埋在儀表板裡的時鐘正指著五點十一分。由於我沒有在約好的五點回去，神代博士正如預告一樣，不對，是相當好心地追加一分鐘的時間後才開始登出處理。

「等一下……！」

我一邊對著現實世界的神代博士叫道，一邊想辦法試著要握住露出詫異表情的耶歐萊茵團長伸出的手。但是在雙方手指稍微觸碰到時，世界就被紅光包圍並且消失了。

10

打開自宅的門後，今天晚上直葉也在玄關等著我。

「歡迎回來！太慢了吧，哥哥……」

但是跟昨天晚上相同的迎接臺詞在途中就煙消雲散。看來我臉上是露出相當奇妙的表情。

我想辦法恢復正常的模樣並跟她打招呼。

「我回來了，小直。」

「……歡迎回來。發生……什麼事了嗎？」

是發生了。多到快要爆炸了。不過那也不是站在這裡就能說明清楚的事情。

「嗯……有點事。妳吃過了嗎？」

我擺好脫下的鞋子這麼問道，直葉眨了眨眼睛後才回答：

「啊，嗯。我今天因為有社團活動，所以也剛剛才回到家。媽媽煮了咖哩，而且飯也煮好了，馬上就能吃嘍。」

「這樣啊。結衣也說森林的城鎮……不對，是拉斯納利歐目前沒有異狀。一邊吃飯我一邊告訴妳發生什麼事了吧。」

「好吧。那我去準備一下。」

身穿運動服的妹妹說完就跑到廚房去了，我目送她離開後就回到二樓自己的房間。

上下班都比普通上班族晚上許多的媽媽，不只是煮了咖哩飯，似乎還幫忙曬了棉被，床鋪也整理得井然有序。

一般來說，正常的高二男生可能會做出「別隨便進我房間！」的抗議，但我內心只充滿了感謝之意。有些任性但很可愛的妹妹、雖然會進入房間但尊重我自主性的媽媽，以及一年只能見到幾次面但很讓人尊敬的爸爸，只要跟這些家人在一起，就沒有比這更幸福的事了。

不過在媽媽特地用吸塵器打掃過的房間裡，我卻只想著盡快趕回Underworld。閉上眼睛後，耶歐萊茵・哈連茲面罩底下發出強光的綠色眼睛就清晰地浮現。

如果只是偶然那也就算了。但在確認只是偶然之前，內心的這股躁動絕對不可能消失吧。

五點十一分登出之後，我等不及ＳＴＬ的頭部固定器揚起就大叫「現在立刻讓我回去！」。但是神代博士卻不允許我再次潛行。理由有兩個——第一是潛行中ＳＴＬ的自我診斷程式檢測到幾個輕微的機械障礙，再來就是覺醒之後我的心跳與血壓完全脫離正常數值。前者我也無計可施，但第二個理由我可以斷言不是因為肉體而是精神上的異常。

但是博士堅定地表示，這次的Underworld調查任務裡，我跟亞絲娜的安全是最優先事項。

應該是我的模樣太過異常了吧，連亞絲娜與愛麗絲都阻止我回去，因此也無法繼續堅持要再次潛行。

報告也變成之後才提出，在安全門前跟愛麗絲告別後，我跟亞絲娜就搭上ＲＡＴＨ幫我們招來的計程車。我在澀谷車站下了車，不過在車子裡的時候應該是心不在焉。今天明明是亞絲娜的生日，對她實在是太不好意思了，但即使到了現在焦躁感還是沒有消失。

如果——萬一不只是偶然的話，耶歐萊茵團長與尤吉歐真的有某種關聯性的話……

那麼……那麼說不定…………

「哥哥，快一點！」

從樓下傳來直葉的聲音，我便迅速抬起臉來。

「啊，抱歉，我馬上來！」

如此大聲回答完，我便急忙把制服換成居家服。Underworld與耶歐萊茵也不是就這樣消失了。我突然就從眼前消失，應該反而讓團長與絲緹卡她們嚇了一大跳才對，但是也只能下次見面時再跟他們道歉了。

預定在三天後的星期六舉行的正式調查活動，屆時準備進行從早到晚的長時間潛行。在那之前必須平息內心的躁動，並且集中精神在Unital ring——以及學業上才行。

拿著要洗的襯衫與內衣來到走廊，咖哩加熱後的香味已經飄到二樓來了。到現在這個時候才有極度飢餓的自覺，於是我便快步走下樓梯。

Unital ring世界的第四夜是隨著傾盆大雨降臨。

據愛麗絲以及結衣表示，白天已經下過幾場小雨，但是像這樣的豪大雨是開始遊戲以來首次出現的情況。The seed程式所創造出來的雨雖然不像現實世界與Underworld那麼不舒服，但視界無論如何都會受到阻礙。跟第二天晚上在基幽魯平原襲擊我們的冰風暴比起來，光是不會造成生命危險就讓人謝天謝地了……我從圓木屋的門廊抬頭看著陰暗的天空這麼想著。

雙手拿著素燒馬克杯的艾基爾從房子裡走出來，繃著臉對我說：

「虧我今天晚上想拚命提升等級，但這種天氣實在沒辦法。」

由於他把左手的杯子推到我的面前，道完謝後我就接了過來。

「下雨也能狩獵吧。」

「我是江戶人，所以討厭下雨。」

「…………等等，江戶人沒有這種屬性吧。」

吐嘈完後就把杯子湊到嘴邊。裡面裝的並非亞絲娜昨天晚上給我們喝的赤紫蘇麥茶，而是黑咖啡加上生薑與肉桂般的味道。雖然很奇特，但真要說的話，我可能比較喜歡這種味道。

晚上八點時除了亞魯戈之外的所有人都到齊了，結束例行會議之後，就有一陣子的自由時間。等到九點如果雨停了當然很好，就算沒有停也得開始防衛據點的建築作業了。因為明天晚上，將會有百人規模的大隊人馬攻入這座森林。

我們的拉斯納利歐城也託女戰士伊賽魯瑪率領十名巴辛族移居過來的福而增強了戰力，但還是盡可能不讓他們負責危險的任務。雖然不論是玩家還是ＮＰＣ都是「一旦死亡就結束了」，但我們只是再也無法登入Unital ring，相對地ＮＰＣ則很可能是完全且永遠地消失。ＳＡＯ裡頭大部分的ＮＰＣ死亡經過一定時間後就會重新湧出，ＡＬＯ的話ＮＰＣ原本就是不會受傷的無敵屬性，但這個世界則無法期待這樣的慈悲。

因此正面迎擊敵軍就是我們的責任，但我們也不能出現犧牲者，敵人玩家也非出於自願來進攻這裡的事實讓狀況變得更加複雜。他們是受到姆塔席娜的大型魔法「不祥者之絞輪」脅迫，本來應該可以把這個城市當成據點來使用的一群人。

因此開會的時候，有人提出是否能盡量想辦法避免像修魯茲小隊時那種殲滅戰的意見，結果讓所有人感到相當頭大。剛從Underworld回來的我，忍不住浮現只要有藍薔薇之劍與心念的話，一瞬間就能束縛一百個人，很簡單就能只讓姆塔席娜一個人退場的想法……但是Unital ring裡的桐人就只有符合等級18的能力值、簡單的鐵製長劍，以及腐屬性的魔法而已。如果能用腐臭彈擊中姆塔席娜大小姐的尊顏一定是相當痛快的一件事，但光是那樣不可能打倒她。

經過不到一分鐘的思考時間，詩乃提出了或許有所幫助的點子。

她從GGO世界繼承了具備超強威力的反器材步槍——黑卡蒂Ⅱ。如果是那把在基幽魯平原西部讓巨大恐龍型練功區魔王立刻死亡的槍械，不論魔女姆塔席娜是20還是30級都能一擊將她消滅。不過當然得要命中才行。

詩乃以苦澀的表情加了一句：「這就是難題了。」

黑卡蒂Ⅱ所需等級跟我的長劍斷鋼聖劍以及亞絲娜的細劍優雅之光同樣太高了，現狀不要說拿著戰鬥了，就連要獨自舉起來都辦不到。對上恐龍魔王時，似乎是數名強壯的歐魯尼特族人幫忙支撐槍身，但在那種情況下能夠射穿要害只能夠說是奇蹟。

要狙擊姆塔席娜的話，不能夠只靠奇蹟。必須下一番工夫讓黑卡蒂Ⅱ能夠確實擊中目標。

能夠想到的簡單辦法是將它固定在重物上，但那樣的話將會很難瞄準。

如果是在現實世界，到材料行購買材料來製作簡易可動式槍架根本是小事一樁……克萊因如此表示，先不管是不是真的能做出來，不過這個世界裡確實無法製作不存在於各種技能生產選單裡的項目。不論是木匠技能、石工技能還是打鐵技能，果然都找不到槍架的選項。

「……如果要執行詩乃的點子，我可以負責扛槍喔。」

由於艾基爾突然這麼表示，我就抬頭看向旁邊的斧使。

虛擬角色的外表看起來是肌肉發達，但是VRMMO的世界裡外表與筋力沒有直接的關聯。於是我便露出苦笑回答：

「雖然很感謝你自願擔此重任，但艾基爾的等級還只有10吧。比腕力的話還會輸給西莉卡喔。」

「唔……」

巨漢的嘴巴扭曲了起來。昨天晚上我遠征斯提斯遺跡期間他似乎提升了一些等級，但是在伙伴裡還是等級最低的一個。除了才剛轉移過來之外，白天還有咖啡館店長的工作，所以這也是沒辦法的事，但是對於這名身經百戰，在ＳＡＯ以及ＡＬＯ裡都一路保護伙伴過來的重戰士而言，這種狀況應該會令他感到有些丟臉吧。

「所以今天晚上才想好好地提升自己的等級啊。只不過，強行在下雨的夜裡狩獵也不是什麼好事……」

「確實如此。」

艾基爾的抱怨讓我用力點了點頭。跟過去的遊戲比起來，ＶＲＭＭＯ的五感算是相當重要。視覺就不用說了，怪物發出的細微聲音與氣味、殘留在地面與牆壁上的痕跡帶來的感觸、有時甚至連水的味道都能告知危險的存在。我甚至幫能夠以五感之外感覺到殺氣之類的現象取名為系統外技能「超感覺」，然後認真地加以研究。

因此五感全受到阻礙的「雨夜中的森林」，在ＶＲＭＭＯ裡是跟迷宮同樣甚至是更加危險的空間。在艾恩葛朗特裡也聽說過不少玩家為了獨占湧出的怪物而逞強，並且因此而死亡的例子。雖然不能將Unital ring視為跟ＳＡＯ同等，但是不能死亡的狀況是一樣的。

下雨的話氣味也會變淡吧……當我動著鼻子這麼想時，感覺潮濕的空氣中似乎包含了某種香氣。由於風是從西邊吹過來，可能是住在拉斯納利歐西地區的巴辛族們正在集會所烤肉吧。距離圓木屋只有二十公尺遠而已，氣味就變得如此之淡了，雨的掩蔽效果果然不容小覷。

「……白天的話，就能利用昨天愛麗絲所說的，馬魯巴河的賺取經驗地點了……」

我一這麼呢喃，艾基爾就發出低沉的沉吟聲。

「Unital ring是跟現實世界的時間同步……明天也臨時店休好了。」

「喂喂，別亂來啊。會挨老婆的罵喔。」

急忙這麼說完後，巨漢不知道為什麼咧嘴笑了起來。

艾基爾經營的Dicey Café到傍晚為止是可以享受美式食物的咖啡廳，之後則變成以多種調酒為賣點的酒吧，白天是艾基爾，晚上則是由他太太擔任店長。艾基爾被困在ＳＡＯ的兩年裡，似乎是太太不分晝夜地掌店來度過倒閉的危機。聽到這件事情後，就擔心艾基爾仍然在玩ＶＲＭＭＯ這件事情本身是不是會招致新的危機——

「我老婆白天也在玩喔。」

由於艾基爾咧嘴笑著這麼說，我只能茫然張開嘴巴。

「咦……是這樣嗎？」

「說起來，她玩網路遊戲的經歷比我還要久呢。」

「這樣啊……——嗯，不對，等一下喔。你太太玩的也是The seed的遊戲吧？這就表示你太太也……」

正當我說到這裡的時候。在門廊牆邊縮成一團的小黑就迅速昂首並且發出「咕嚕……」的低吼。前院裡，原本很高興般在雨中踩水到處跑著的阿蜥也停下腳步，尖尖的鼻子朝向東邊的天空。

「怎麼了，小黑？」

我走過去以右手搔了搔牠的脖子，但黑豹還是沒有停止低吼。我雖然也豎起耳朵傾聽，但是果然只能聽雨聲——

不對。

這時候不是聽覺，而是從腳底的皮膚傳遞過來。細微但是異質的震動。

「……地震嗎？」

幾乎同時注意到的艾基爾，在門廊踏穩雙腳並且如此低聲表示。

「虛擬世界竟會發生地震……不對，這也不是什麼奇怪的事……」

這麼回答的我，以右手觸碰門廊地板的這個瞬間。

「滋咻！」的強烈震動，不對，應該說是衝擊傳遞過來，讓整間圓木屋劇烈晃動了起來。

我的腳步一個踉蹌，右手的馬克杯就不小心掉了下去。耐久度不高的素燒馬克杯瞬間破裂，變成藍色多邊形消失不見。待在室內的眾女性傳出的悲鳴以及克萊因的破鑼嗓蓋過了細微的破碎聲。

「艾基爾，是東邊！」

一這麼大叫完，我就朝傾盆大雨中衝去。現實世界的話，是不可能感覺得到地震波傳遞過來的方向；但虛擬世界的話，就大概能從身體受到搖晃的感覺察覺出來。小黑與艾基爾也跟在我後面跳到前院，伙伴們的身影也不斷從房子裡出現。

跑到前院正中央後雖然回過頭，但是卻因為圓木屋的屋頂與高大的石牆阻礙而看不到東邊森林。牆壁後面傳過來「嘰嘰嘰」的尖銳叫聲，應該是來自於帕特魯族的悲鳴吧。

地面再次劇烈震動。不論原因為何，已經比剛才更加靠近了。

「……從四點鐘道路出去吧！」

剛如此大叫完，我就從大門衝到內圈道路。往左邊跑並且衝進四點鐘道路後，已經有許多帕特魯族從家裡面跑出來，以不安的表情抬頭看著夜空。

「太危險了，你們到房子裡面去吧……幫我這樣跟他們說！」

如此拜託就在身後的結衣，在內心發誓要盡快提升帕特魯族語技能和巴辛族語技能同時在四點鐘道路上衝刺。打開東南方的門來到城外的瞬間，第三次的直向搖晃襲來，害我差點跌倒在地。

「嗚哇……」

「哎唷！」

隨著這樣的聲音支撐住我左臂的是莉茲貝特。

「抱……抱歉。」

「這只是小事，不過你有什麼打算？如果這不是一般地震的話……」

莉茲貝特的發言讓四周圍的同伴繃起臉來。如果這種震動不是賽魯耶提利歐大森林的自然現象，而是由怪物或者玩家所引發的話，那就是足以匹敵極大魔法的力量。

「……總之先確認原因吧。」

我一這麼說，所有人就一起迅速點頭。Unital ring裡每支小隊的上限人數是八人，由於伙伴共有十個人，所以就分為各五個人的兩支小隊，然後再組成聯合部隊。成員分別是我、亞絲娜、結衣、莉法、克萊因屬於A隊，詩乃、愛麗絲、莉茲貝特、西莉卡、艾基爾屬於B小隊。亞魯戈應該是來不及了吧，如果會合的話打算讓她加入A小隊。

我對B小隊隊長詩乃做出從左邊前進的指示後，就跟四名小隊成員以及兩隻寵物一起衝進黑暗的森林。詩乃他們跟米夏則並排跑在左側距離大約十公尺的地方。

目前雨勢仍沒有變小的跡象。一邊注意著腳步不要因為潮濕的草皮而打滑，一邊往東邊疾馳。由於沒有月亮，所以最多只能看到五公尺前方，在這樣的大雨下就算點火把也馬上會被澆熄吧。靠著夜視技能大概能確認出樹木與草叢的輪廓，於是便在前方領導愛麗絲等人，同時以不至於跌倒的最快速度奔跑著。

雖然第四次的直向巨震仍未襲來，但是斷斷續續地出現小規模的震動。而且似乎能聽見「嘰哩嘰哩、啪嘰啪嘰」的細微破壞聲。

「桐人，這前面有什麼東西？」

亞絲娜拉著結衣，以幾乎快被雨聲掩蓋過去的細微音量對我如此問道。

「這邊沒有什麼探索，不過我記得有個很大的山谷。」

「這麼說來，會不會是那邊因為這場雨而發生土石流了？」

大步奔跑著的克萊因提出的樂觀發言，讓我忍不住露出苦笑。

「VRMMO的地圖如果每次下雨都會崩壞，不久之後每個地方都會變成空地了吧。」

「況且也沒有幫忙進行土木工程的業者呀～」

莉法也這麼表示，克萊因說了句「嗯，也是啦」便收回前言。

當我們進行這樣的對話時，前方的樹木開始變少了。如果我沒記錯，這邊前方有兩座略高的山丘並排在一起，然後兩者中間有一條巨大溪谷直線往下延伸。不過沒有確認過山谷前方到底有些什麼。

「——離開森林嘍！」

對伙伴們做出這樣的預告後，我便從一棵特別高大的旋松底下衝過。

前方的森林呈V字形敞開，接著是一片茂盛的草原。天空中漆黑的雲正在捲動，持續下著宛如拍打到身上般的大雨，不過有時候則會竄過藍白色閃電來照亮地上的草原。

草原左右兩邊正如我的記憶一般是兩座山丘——不對，遙遠的過去應該只有一座山丘，中央部分是因為大地震而被撕裂的吧。溪谷的寬度達三十公尺左右，谷底躺著許多比米夏還要龐大的岩石。

原本推測這座草原的某一處存在地震的源頭，但目前視界內看不見任何異常。微小震動依然從腳底傳遞過來，但這幾分鐘裡沒有發生足以讓人站不住的直向震動。

真的是單純的自然現象嗎，當這麼想的我稍微放鬆肩膀力道的這個時候——

特別強烈的電光將練功區照成白色，幾乎在同一時間，一顆聳立在溪谷底部的高十公尺以上巨岩就像從內部爆炸一樣變成碎片。

至今為止最大的震動襲來，我立刻就抓住小黑的肩膀，好不容易才沒有跌倒。亞絲娜、結衣與莉法也互相支撐，不過克萊因就漂亮地一屁股跌坐在水坑裡面。

平常的話應該就會開口咒罵了，但是這個時候似乎沒有多餘的心思開罵。

因為粉碎的岩石後面出現了一道巨大到超乎想像的影子。

除了距離兩百公尺之外，谷底還是距離我們相當遙遠的下方，但呼吸還是因為承受壓倒性的壓力而變得急促。不只是巨大，外型也讓人湧起一股原始的恐懼感。

「那是什麼……」

「那是什麼東西啊……」

莉法與克萊因同時以沙啞的聲音這麼呢喃。

實際上，我的腦袋也只能浮現這句話。閃電照耀下的模樣實在太過詭異，根本無從比喻。以在Unital ring裡遭遇的怪物來說絕對是有史以來最大。詩乃戰鬥過的恐龍型練功區魔王「史提羅克法羅斯」從頭部到尾巴似乎長達十公尺，但是剛才見到的怪物隨便都有牠的兩倍。

頭部還算屬於人類型的範疇，但是有四顆發出紅光的眼睛，嘴巴不是分成上下而是左右張開。後腦杓相當長，然後側面突出數根短角。

從頭部正下方伸出來的兩條手臂，手肘以下的部分變成恐怖的長鐮刀。胴體像酒桶一樣鼓起，其中央還有一條直向的長嘴巴。

像人的部分就只有這些。牠的腰部往後九十度彎曲，連結著像蜈蚣般體節的長大胴體部。胴體左右兩側也長著無數前端像鐮刀般尖銳的多關節腳，後端則伸出長槍般的長大突起。

全身覆蓋在烏亮的甲殼底下，更讓人感到恐懼的是甲殼底下可以看見強壯的肌肉。形狀明明像蟲，質感卻像是脊椎動物。如果要用一句話來形容那種東西，我的腦袋裡面只能浮現「惡魔」兩個字。

傳遞到拉斯納利歐城的大地鳴動，是那隻怪物以身體衝撞巨岩將其粉碎後形成的衝擊吧。如果那個到達城鎮，辛辛苦苦建築的街道與圓木屋都會被破壞到一點不剩。

凝視著在谷底暫時停止前進的異形，我自顧自地低聲表示：

「……為什麼那種東西會出現在這裡……」

全長超過二十公尺的人面蜈蚣，跟棲息於賽魯耶提利歐大森林的動物型怪物沒有任何共通點。至今為止森林有熊、草原有豹、河川有螃蟹的分布算是具備整合性，為什麼到這個時候才完全捨棄這樣的分布呢？那樣的怪物只能存在深邃迷宮的最底層或者是地獄……當我想到這裡時，感覺頭腦的深處有某種東西爆開了。

在什麼地方……Unital ring以外的ＶＲＭＭＯ世界，曾經看過外型類似那樣的怪物嗎？到底是在哪裡……？

「桐人……」

被叫到名字後就看向旁邊，結果發現緊抱住結衣的亞絲娜正露出某種空洞的表情。

「那隻怪物，我好像在哪裡……」

但是在她把話說下去之前，就從左側傳來尖銳的聲音。

「看那個傢伙的腳下！」

這麼大叫的是晚A小隊一些穿越森林的B小隊隊長詩乃。在這個世界裡，她身為狙擊手的視力依然健在，此時似乎發現什麼我們沒有注意到的線索。我暫時不管腦袋的刺痛感，拚命瞪大了雙眼。在斷斷續續降下的閃電照耀下，谷底除了人面蜈蚣破壞的巨岩之外，還散落著大大小小的岩石。從這些岩石的縫隙──

「啊……」

注意到的瞬間，我就發出簡短的叫聲。

十，不對，多達二十道小影子緩緩移動著。其實說小也是因為跟人面蜈蚣相比，影子的尺寸其實跟人類差不多，但剪影看起來並非人類。厚厚甲殼覆蓋住的身體、長長的角與大顎以及六隻腳。那是昆蟲型怪物──也就是人面蜈蚣身邊的嘍囉吧。

這時人面蜈蚣的四顆眼睛突然發出紅光，接著高高舉起右手的鐮刀。

「沙啊啊啊啊！」

發出足以讓距離兩百公尺遠的我們都忍不住後仰的咆哮，同時以猛烈的速度揮落鐮刀。直徑足有三公尺的岩石輕易被粉碎，躲在後面的兩三隻昆蟲型怪物整個被轟飛。

結果周圍的昆蟲們全都跑過去，幫助翻覆的昆蟲爬起來。接著二十隻昆蟲就紛紛朝山谷出口跑去。

「沙沙啊！」

人面蜈蚣再次吼叫並舉起兩手的鐮刀。雖然猛烈朝地面插了兩三下，但昆蟲們在千鈞一髮之際都避開了。

「……那是什麼……怪物之間發生戰鬥嗎？」

好不容易站起身子的克萊因回答了我的呢喃。

「與其說是戰鬥，我覺得比較像大傢伙在單方面攻擊小不點們。倒是……朝這邊過來了喔！」

人類大小的昆蟲怪物們確實猛然從谷底的緩坡往上急奔。人面蜈蚣為了追牠們也再次開始移動。這樣下去再過數十秒，雙方都會抵達我們所在的森林邊緣。

最糟糕的情況是同時被牠們雙方盯上。現在應該立刻躲在森林裡面，等待人面蜈蚣殲滅二十隻昆蟲型怪物才對吧。但是昆蟲型怪物逃進森林的話，有可能直接抵達拉斯納利歐。如此一來，以遠距離攻擊停下昆蟲們的腳步，讓牠們被蜈蚣幹掉就是最佳的對策吧。從剛才的行動來看，牠們似乎具備幫助同伴的系統規則，所以應該能利用這一點才對。

對方雖然是怪物，但這還是讓人有點內疚的作戰。不過為了保護城鎮與ＮＰＣ也只能這麼做了。我下定決心，開口呼喚能進行遠距離攻擊的兩個人。

「結衣、詩乃，以火魔法跟毛瑟槍讓前頭的昆蟲怪物停下來！」

「知道了！」

「了解！」

兩個人立刻回應並往前走出幾步。詩乃架起槍，結衣舉起雙手，瞄準跑在昆蟲們前頭的蘭花螳螂般怪物。由於淡粉紅色軀體在雨中也相當顯眼，憑她們兩個人的實力應該能擊中才對。

結衣進行起動火魔法的手勢，接著大大地將右手往後拉。把槍械貼在臉頰上的詩乃也把手指放到扳機上。距離蘭花螳螂有一百公尺，後方的人面蜈蚣則是一百五十公尺。

兩人同時吸氣並且憋住——下一個瞬間。

「等一下！」

大聲叫道的艾基爾衝到兩人前面。大吃一驚的詩乃槍口往上彈，結衣也舉起雙手。

「喂，你做什麼！」

只對抗議的詩乃回了一句「抱歉！」，艾基爾沒有抽出腰間的兩刃斧就衝向豪雨當中。

「喂……喂喂！」

我急忙出聲叫住他，但是巨漢完全沒有回頭。無計可施的我也從後面追上去。

昆蟲型怪物群越來越靠近了。那些傢伙應該也發現我們了，但這款遊戲的模式是本身或小隊成員發動或者遭到攻擊之前都不會出現浮標，所以不知道是不是被對方盯上了。但是必須在這樣的前提下行動才行。

「艾基爾，至少把斧頭拿出來！」

我把右手的長劍扛在肩上，一邊準備發動劍技一邊這麼大叫。但是巨漢的手完全不伸向武器。平常總是冷靜沉著，某方面來看甚至可以說是小隊頭腦的艾基爾，難得出現這種看起來完全忘我的情形。

淡粉紅色的蘭花螳螂已經靠近到三十公尺以內。摺疊在胸前的雙臂，尺寸雖然完全比不上人面蜈蚣，但也是外表看起來相當凶惡的鐮刀，要是被那個痛擊的話，就算穿著鎧甲也會失去大量的HP吧。如果艾基爾沒有戰鬥的意思，那就只能靠我了。

如此下定決心的我，為了以「音速衝擊」發動先制攻擊而微調劍的角度。突然間，腦袋裡閃過在Underworld遇見的費魯西．阿拉貝魯少年那寂寥的笑容。一定得找出他無法使用劍技的理由才行……連這樣的決心都加諸於劍上的我，正準備全力發動攻擊時……

「Stop——————！」

以超過雷鳴的聲音發出怒吼的艾基爾，一邊攤開雙手一邊緊急煞車。我雖然也急忙停下腳步，但劍技也因為身體失去平衡而失效了。

艾基爾把粗壯臂膀打開呈一字型，像門神般站在濕濡的草原正中央。前方有二十隻昆蟲軍團猛然衝過來。領頭的蘭花螳螂從頭部凸出的巨大複眼發出光芒，接著更舉起右手的鐮刀。

瞬間，艾基爾放聲大叫：

「翠西？是翠西吧！」

…………啥？

啞然的我視線前方，蘭花螳螂也緊急煞車，在鐮刀舉到一半的情況下以人類——女性的聲音回叫道：

「安迪？你在這裡做什麼？」

…………啥啊？

為什麼螳螂會說話啊，話說誰是安迪啊！

在腦袋裡全力這麼大叫之後，我才突然注意到。艾基爾角色名稱的英文顯示是「Ａｇｉｌ」，這是將他的名字安德魯以及中間名基爾博德合成後的結果。也就是說這隻蘭花螳螂型怪物知道艾基爾的本名。

「咦……不會吧。」

追上來的亞絲娜在我右後方如此低聲說道，於是我便轉過頭去開口詢問：

「什麼不會吧？」

「那隻螳螂……不會就是艾基爾先生的太太吧？」

「…………什麼？」

我的思考再次差點停止。

不久之前確實在圓木屋前面從艾基爾本人那裡聽說他太太也是ＶＲＭＭＯ玩家，但是螳螂不論怎麼看都像是怪物。難道是人類被某種魔法變成怪物了？如此一來，後方的昆蟲型怪物們也全是這樣……？

在蘭花螳螂後方停下腳步的綠色鍬形蟲把我的推測變成了現實。開合著雄壯的大顎，以男人的聲音——而且是標準的英文說出一串話來。

「Hey Hyme，what a hell are you doing？」

接著矮胖獨角仙就豎起角來大叫：

「Who are they？Enemy or ally？」

由於速度快到不可思議，所以我沒有聽得很準確的自信，不過感覺上鍬形蟲是說「到底在搞什麼啊海咪」，而獨角仙則是說「那些傢伙是誰，敵人還是同伴」。

做出回答的不是角色名稱似乎是海咪的蘭花螳螂而是艾基爾。我已經無法聽懂他那像要證明自己的根源是非裔美國人一樣的超高速英語。

但鍬形蟲與獨角仙似乎因此理解我們並非敵人，於是放下大顎還有角。其他昆蟲也不斷追上來，但鍬形蟲叫了些什麼後就解除攻擊態勢。

目前暫時先解除與昆蟲軍團戰鬥的危機，但這只是問題的一半，不對，大概是一成左右。巨大人面蜈蚣從後方的山谷衝過來了。只要對應有任何閃失，我們跟昆蟲軍團就會一起遭到毀滅。

就在這個時候——

人面蜈蚣顏面下方爆出微小的閃光。遲了一些後可以聽見「砰」的爆發聲。雖然規模不足以稱為爆炸，但噴出大量即使在雨中也能清楚看見的黃色煙霧來包裹住蜈蚣的頭部。怪物停止突進，很焦躁般發出「沙沙啊啊！」的吼叫聲。

丟出煙霧彈般物體的是昆蟲軍團最後面的蟲，不對，是人類。連帽斗篷隨風搖擺，以猛烈速度在雨中飛奔過來的嬌小玩家，在我眼前緊急煞車並且大叫：

「抱歉桐仔！出大事了！」

我不可能聽錯那道具特色的聲音。

「亞魯戈？」

「亞魯戈小姐？」

和亞絲娜同時這麼呼喚對方後，我又加了一句「妳……怎……」。亞魯戈似乎以心電感應或者某種能力理解是「妳怎麼會跟蟲子們在一起」的意思，隨即褪下斗篷的兜帽回答：

「之後會說明清楚！現在得先想辦法解決那個大傢伙！」

「還能想什麼辦法，只能把牠拖到遠方然後逃走了吧。」

「這行不通喲，那傢伙無論如何都不會放棄目標。已經追了我們將近三十公里了。」

「三十公里……？」

這確實不尋常。這是等同於從拉斯納利歐到斯提斯遺跡的距離，如果這段期間牠一直追過來的話，那確實應該判斷是無法用奔跑來把牠甩開。

「亞魯戈小姐，丟出大量剛才的煙霧彈也不行嗎？」

聽見亞絲娜的意見後，亞魯戈就迅速搖了搖頭。

「剛剛是最後一顆了。而且就算用那個暫時停止牠的動作，之後也馬上又會追上來。地形對那個傢伙來說根本沒有影響，一定會在某個地方被牠追上。」

「確實看見牠把超級巨大的岩石粉碎了……」

追上來的克萊因如此表示。點頭的亞魯戈難得露出懊悔的表情來發出呻吟。

「真的很抱歉。我沒有打算如此靠近拉斯納利歐。但是進入森林之後就只有這座山谷可以逃了……」

「別這麼說，比在我們不知道的地方死亡要好多了。」

如此回答完，我便下定決心做出這樣的宣言。

「打倒牠吧。雖然光看外表就知道是無比強大的敵人，但我們的伙伴也到齊了。耐著性子弄清楚牠的攻擊模式後再攻擊的話，應該有機會在不犧牲任何人的情況下幹掉牠才對。」

「這才像話嘛。」

以毅然的聲音如此斷言的是愛麗絲。華麗的金髮上沾著無數水滴的騎士，將右手的混種劍朝向一百公尺前方的巨大影子。

「不可能逃過所有的艱難。不論是多麼強大的敵人，也有一定得與其對抗的時候。何況是為了要守護重要的事物。」

並排在愛麗絲左右兩邊的伙伴們，同時用力點了點頭。小黑、阿蜥、米夏以及畢娜也發出簡短的叫聲。

籠罩在黃色煙霧裡的人面蜈蚣再次開始往這邊移動。我以視界邊緣捕捉牠的動態，然後再次跟亞魯戈確認。

「詳細情形之後再說，不過那些蟲子軍團是友軍對吧？」

「是啊。他們是美國的The seed遊戲『昆蟲國度』的玩家。」

「昆蟲國度……」

也就是說，並非被魔法變成昆蟲，而是打從一開始就是那種模樣。現在聽她這麼一說，才想起好像在哪裡聽說過有玩家能夠變成蟲子的VRMMO。但實在沒想到會是如此真實的模樣。幾乎所有昆蟲都是在直立狀態下以雙腳或者四腳來步行，但是像人類的就只有這一點。說起來是如何控制六隻——蜘蛛型的話就是八隻腳的呢？

不對，之後要怎麼查證都可以。現在得集中精神面對被轉移到這個世界後最強大的敵人才行。

「亞魯戈，那個傢伙的攻擊模式是？」

「目前都還只有物理攻擊。雙手的鐮刀與尾巴的長槍。再來就是肚子那張嘴巴的撕咬。」

「這麼說來，應該是以鐮刀為主吧。」

這麼呢喃的瞬間，腦袋中央再度爆出觸電般麻痺感。但是沒有時間去挖掘記憶了。

「——我跟愛麗絲、莉茲去吸引牠並抵擋鐮刀攻擊。其他人從側面發動攻擊。把牠的腳一隻一隻砍斷的話，最後應該就無法動彈了吧。」

「了解！」

聽見伙伴們可靠的回應後，就對獨自露出焦躁表情的艾基爾搭話道：

「艾基爾，坦克的工作等你的等級再高一點再拜託你。還有，請把剛才的作戰翻譯給蟲……不對，昆蟲國度的玩家們聽。」

「知道了。」

點完頭的艾基爾以流暢的英文對昆蟲戰士們搭話。我有一段時期是希望將來能到美國的大學留學，所以並非完全無法說英文，但現在希望避免任何傳達上的失誤。

艾基爾說完話後，特別大隻的鍬形蟲與獨角仙就往前走出來說出一連串的發言。

「We also fight in the front！」（我們也要在前面戰鬥）

「Our skin is harder than your armor, huh！」

聽他們這麼說，我也沒有理由拒絕。

「I'm counting on you！」（靠你們了）

如此回答後，兩隻——不對，兩個人就同時以右手的鉤爪做出類似豎起大拇指的動作。

地面再次劇烈震動。人面蜈蚣開始突進了。跟那樣巨大的身軀戰鬥，就不應該在狹窄的山谷而是到空曠的地方比較好。從山谷出口到我們所在的森林入口那直徑一百公尺左右的草原就是主戰場。

「Hyme, join our raid！」（海咪，加入我們的部隊）

對艾基爾的太太，也就是蘭花螳螂這麼搭話並傳送邀請訊息後，螳螂就用鐮刀底部的手指迅速按下ＯＫ鍵。

視界左端追加了一整排共二十個人的ＨＰ條。雖然所有人都受傷了，但是沒有人的ＨＰ低於五成，ＴＰ、ＳＰ也都綽綽有餘。逃了長達三十公里才只消耗這種程度的能量，不知道該說是技術好還是運氣好——我想應該是兩者兼具吧。

「Do you have recovery way？」（妳有回復的方法嗎）

「Sure thing！」（當然有）

螳螂海咪呼喚同伴之後，一隻茶色的飛蟲就來到前面。整體的外型像是蟬，但是頭部長著形狀奇異的角。從分成四根的前端呈球體狀來看，應該是某種天線吧。

角蟬叫了一聲「C'mon guys！（過來吧）」之後，昆蟲們瞬時聚集在一起。下一刻，角上的球體像蓮蓬頭一樣迸發出帶白光的液體並且朝著伙伴們灑下。

二十名昆蟲的HP開始急速回復。雖然是很可靠的力量，但是應該無法連續使用吧。另一方面，我們雖然各自有兩三瓶素燒瓶，裡面裝有亞絲娜幫忙開發的，能夠慢慢回復HP的茶——也就是藥水，但也同樣無法濫用。首先以防禦為優先，然後完全掌握敵人的攻擊模式。

「要來嘍！」

我才剛以日文這麼大叫，人面蜈蚣就終於從溪谷衝進草原。

從近處一看，發現根本是超乎想像的巨軀。光是縱長型頭部就有五公尺，雙手的大鐮刀刀刃足有三公尺，蜈蚣的部分則超過二十公尺。就連幽茲海姆的邪神級怪物，都沒有規模如此具壓倒性的個體。

但是正如剛才對艾基爾所說的，這裡是外表的大小無法代表實力的VRMMO世界。The seed規格的遊戲裡雖然有巨大角色容易提升筋力，嬌小則容易提升敏捷力的基本規則，但是如果伙伴中最嬌小的西莉卡到達等級100的話，甚至光靠推擠就能贏過人面蜈蚣了吧。

當然伙伴們的平均等級都還只有13、14左右。即使如此，只要能實踐完美的配合，就算對手是異形的巨大惡魔還是能與之一搏，我是這麼相信的。

「沙咻啊啊啊啊啊！」

人面蜈蚣把能朝四個方向打開的下巴全部張開來發出吼叫。

就像受到誘發一樣，從天空中的黑雲持續降下閃電，藍白色光芒照耀著巨大身軀。

「……小黑聽亞絲娜的指示從側面發動攻擊。」

摸了一下圓形頭部並且做出這樣的命令後，黑豹似乎有些不滿但還是發出「咕嚕」的低吼，接著移動到阿蜥旁邊。與亞絲娜簡短地交換一下眼神，我便重新用力握好愛劍。

「——GO！」

隨著吼叫聲一起踢向地面。負責前面的除了愛麗絲、莉茲貝特外，獨角仙與鍬形蟲也跑在她們左右兩側。地面的草雖然茂盛，但因為雨勢而傾倒，所以不像擔心地那樣會阻礙腳步。頭頂高達七公尺的異形越來越近了。

「沙啊！」

人面蜈蚣緩緩將右手的大鐮刀往後拉。預備動作如此之大的話，要預測攻擊時機就相當簡單。

「從右邊過來嘍，準備格擋！」

我和愛麗絲舉起劍、莉茲貝特舉起鎚矛、獨角仙舉起角、鍬形蟲則舉起了大顎。

全長三公尺的鐮刀隨著暴風聲開始移動。明明沒有碰到，地面的草卻大量被扯飛到空中。

——沒問題，可以擋下來！

有一半像祈禱般這麼想著，同時用力握緊愛劍的握柄，將左臂壓在劍身上來擺出防御姿勢。

烏亮的鐮刀迫近眼前。我將身體往前傾來準備承受衝擊。愛麗絲、莉茲、獨角仙、鍬形蟲也擺出同樣的姿勢。

鐮刀與劍碰撞。

一瞬間，我還以為自己的虛擬角色爆炸了。

雖然沒有經驗，但是心想在現實世界全速踩著腳踏車，然後與大型聯結車正面衝突會不會就是這種感覺。全身四分五裂般的衝擊。世界不停地旋轉。大概半秒鐘之後，才發現被鐮刀橫掃之後，自己輕易就被轟飛了出去。

「桐人！」

剛聽見呼喚我的聲音，身體就猛烈撞上某個人。直覺告訴我是亞絲娜接住了我。

「嗚……！」

亞絲娜在耳邊發出無法呼吸的聲音。她似乎拚命想踩穩腳步但最終還是失敗，和我一起倒到濕濡的草地上。

視界左上角，我的ＨＰ以恐怖的速度持續減少。從原本全滿的狀態降到七成，六成然後低於五成，最後在將近四成左右才停止減少。

「……怎麼會……」

無法相信明明防禦了卻還是一擊就被奪走六成HP的事實，我以沙啞的聲音這麼呢喃。往下一看，發現右手握住的劍總算是平安無事，但是護胸與左臂的護手已經整個裂開了。環視周圍後，發現愛麗絲與莉茲也趴在草地上，獨角仙與鍬形蟲則是翻了過來。所有人都受到差不多的傷害。

我將視線朝向正面的人面蜈蚣。在右手大鐮刀揮盡的姿勢下，牠像是在嘲笑我們一樣開合著左右的下顎。

因為受到損傷，所以人面蜈蚣的頭上出現巨大的紡錘狀浮標。HP共有三條，下方則以英文字母顯示著專有名稱。

【The Life Harvester】。收割生命者——

看見這個名字的瞬間，我終於理解為什麼會覺得在哪裡看過人面蜈蚣的理由。

「桐人……那個……」

亞絲娜也以顫抖的聲音低聲說道。看來是跟我同時想起來了。

那個是……

那隻人面蜈蚣「The Life Harvester」是在舊SAO，艾恩葛朗特第七十五層毀掉一半攻略組菁英的樓層魔王「骸骨獵殺者」。雖然有「長出肉與甲殼」以及「骨骼整個外露」的差異，但是形狀與行動模式……以及可以說凶猛無比的攻擊力都完全一樣。

但是，為什麼？為什麼舊ＳＡＯ的樓層魔王會出現在Unital ring世界？

我的腦袋一片空白，全身無法動彈，這時視線遠方的異形惡魔高高舉起兩把大鐮刀。紫雷在上空的黑雲裡到處亂竄，映照出凶惡的漆黑剪影。

（待續）

後記

謝謝大家閱讀這本Sword Art Online刀劍神域第24集〈Unital ring Ⅲ〉。

上一集在令人在意的地方結束，所以本集希望能連續出版盡快呈現在各位讀者眼前……雖然這麼想，結果還是讓大家等了整整五個月。然後這次也同樣吊足了胃口……（汗）。接……接下來還是會努力盡快推出下一集！

「以下將會觸及本篇的內容，所以請特別注意。」

Unital ring篇也來到第三集了，所以有種故事終於動起來了的感覺。雖然有亞魯戈的正式參戰、恐怖魔女姆塔席娜的登場、骸骨獵殺者長出肉來並且復活等各式各樣的話題，但最令人在意的果然還是Underworld情節裡出現的耶歐萊茵團長吧。

他是在Alicization篇完結後構思續篇大綱時就決定登場的角色。戴著可疑的面具，坐在豪華房車後座上等細節都是當初預定的情節，但等實際出場之後……就出現「角色可能變得跟當初的預想不一樣……」的預感。在這裡沒辦法寫出究竟是哪裡變得不一樣，不過我打算繼續創作故事本身所選擇的未來。

話說回來，描寫兩百年後的Underworld比想像中還要困難……應該說是很辛苦的一件事。深受桐人喜愛，而我也很喜歡的角色全都不在這個世界了，每當想到這一點就會停下筆來……只不過，我想那裡一定還是有些許希望。下一集我打算好好描寫Underworld，敬請期待！

本書發售時，動畫版Alicization第四季度原本應該開始播放了，但受到新冠肺炎感染擴大的影響而延期。一想到傾全力製作的工作人員們，以及期待節目上檔的各位讀者觀眾，內心就感到很過意不去。跟在劇中持續艱辛戰鬥的桐人以及亞絲娜等人一樣，我相信克服困難後一定會有光明存在，所以還請大家稍待片刻。

ａｂｅｃ老師（恭喜第二本畫集發售！）、三木先生，這次也因為拖到最後一刻的進度給你們添麻煩了！那麼我們下集再見嘍！

二〇二〇年三月某日　川原　礫

Sword Art Online

刀劍神域Progressive 1~6 待續

Kadokawa Fantastic Novels

作者：川原 礫　插畫：abec

與黑暗精靈騎士重逢，挑戰「祕鑰」回收任務
桐人與亞絲娜接著挑戰艾恩葛朗特第六層！

具備感受性淩駕一般AI的NPC們登場。以「祕鑰」為目標，在暗地裡活躍的墮落精靈。出現新發展的「史塔基翁的詛咒」任務。以及「煽動PK集團」的魔手——桐人與亞絲娜能夠擊退捲入基滋梅爾等NPC的狡猾陰謀，成功突破第六層嗎？

各 **NT$220~320/HK$68~98**

七魔劍支配天下 1~4 待續

Kadokawa Fantastic Novels

作者：宇野朴人　插畫：ミユキルリア

最強魔法與劍術的戰鬥幻想故事第四集登場！
2020年《這本輕小說真厲害》文庫本部門第一名！

金伯利魔法學校再次迎來春天，奧利佛等人也升上二年級。照顧新生、新的課程和各自的修行，讓他們每天都忙得不可開交。有一天，他們決定去學園附近的魔法都市伽拉忒亞散心，一起吃喝玩樂，完全不知道那裡最近有危險的砍人魔出沒——

各 **NT$200~290/HK$67~97**

三角的距離無限趨近零 1~4 待續

Kadokawa Fantastic Novels

作者：岬鷺宮　插畫：Hiten

我愛上的那個女孩體內住著兩個靈魂——
與雙重人格少女譜出的三角戀愛故事。

　　矢野在跟春珂與秋玻接觸的過程中，戀情也在心中萌芽——又在某一天突然宣告結束。然後他變了。所以，為了找回剛認識時的「他」，我——我們展開了行動。在沒有交集的教育旅行途中，我們努力追逐矢野同學，就算我們已經不是情侶——

各 **NT$200~220/HK$67~73**

刀劍神域外傳GGO 1~9 待續

Kadokawa Fantastic Novels

作者：時雨沢惠一　插畫：黑星紅白

聯手的眾卑鄙小隊當中，
不知道為什麼出現了SHINC的名字！

無論如何都想打倒蓮獲得勝利的Fire，成功拉攏SHINC加入為了打倒LPFM而組成的聯合部隊。經過與MMTM的壯烈「高速戰」後，蓮等人終於和SHINC的成員對上了，但是Fire麾下的小隊突然出現……

各 **NT$220~350/HK$73~117**

加速世界 1~24 待續

Kadokawa Fantastic Novels

作者：川原 礫　插畫：HIMA

攻略超強敵「太陽神印堤」！
神祕的「Omega流無遺劍」揭露神祕面紗！

打倒印堤與救出黑雪公主的關鍵——就是施加了強化，能讓印堤的「高熱傷害」無效的「輝明劍」。Silver Crow為了讓這無謀到極點的作戰成功，決心學會神祕的「Omega流無遺劍」。然而Omega流劍豪Centaurea Sentry的真面目，是第三代Chrome Disaster——

各 **NT$180~240/HK$50~68**

國家圖書館出版品預行編目資料

Sword Art Online刀劍神域. 24, Unital ring. III /
川原礫作 ; 周庭旭譯. -- 初版. -- 臺北市 : 臺灣
角川股份有限公司, 2021.07
　面 ;　公分
譯自 : ソードアート・オンライン. 24, ユナイ
タル・リング Ⅲ
ISBN 978-986-524-614-3(平裝)

861.57　　110008349

Kadokawa
Fantastic
Novels

Sword Art Online刀劍神域 24
Unital ringIII

（原著名：ソードアート・オンライン 24 ユナイタル・リング Ⅲ）

2021年7月29日　初版第1刷發行
2023年6月7日　初版第4刷發行

作　　者：川原礫
插　　畫：abec
日版設計：BEE-PEE
譯　　者：周庭旭

發 行 人：岩崎剛人
總 編 輯：蔡佩芬
副總編輯：朱哲成
美術設計：李思穎
印　　務：李明修（主任）、張加恩（主任）、張凱棋

發 行 所：台灣角川股份有限公司
地　　址：104台北市中山區松江路223號3樓
電　　話：（02）2515-3000
傳　　真：（02）2515-0033
網　　址：www.kadokawa.com.tw
劃撥帳戶：台灣角川股份有限公司
劃撥帳號：19487412
法律顧問：有澤法律事務所
製　　版：尚騰印刷事業有限公司
ISBN：978-986-524-614-3